90년생 학부모가 온다

아이를 보면 부모가 보인다

90년생 학부모가 온다

아이를 보면
부모가 보인다

박경숙 지음

프로방스

좋은 부모가 되기 위해
나는 내 아이의 행동을 알아야 한다.

어린이집을 운영하면서 아이들과 부모님, 교사들과 영·유아들과 생활하면서 함께 나눈 이야기를 통해 90년생 학부모님들이 걱정하고 있는 내 아이들의 사회 첫 경험인 어린이집을 알려주고 싶었다. 보육교사를 할 때와 어린이집 원장이면서 운영을할 때의 경험을 있는 그대로 알려드리고자 한다. 부모로 몸과마음이 지쳐 있거나, 사랑하는 내 자녀 양육에 있어 어려운 문제에 부딪혀 있다면, 이 책을 통해 자녀의 양육이나 내 아이의첫 사회 경험인 어린이집에 두려움을 느끼고 있는 부모님들에게친구가 되어 함께 나누어 마음의 평화와 안정에 도움 되기를 바란다.

이 책을 쓰면서 삶에 부딪혀 힘겨웠던 경험, 육아와 관련된 경험을 함께 나누고 싶었다. 내가 경험한 보육 현장의 지난 20년의 여정을 모두 말하자면 책 한 권 가지고는 부족할지도 모르겠다. 보육 현장에서 경험했던 여러 가지 일들을 궁금하게 생각하는 부모님들과 함께 나누고 싶은 마음에 이 글을 쓸 용기를 얻었다. 그러다 보니 지금은 작가라는 이름을 남기게 되었다. 호랑이는 죽어 가죽을 남기고 사람은 죽어 이름을 남긴다는데 나는 이름을 남기고 죽을 수 있게 되었다. 시중에는 하루에도 몇 권씩 신간 도서가 쏟아져 나온다. 그 신간 도서에 나 같은 초보 작가가 이렇게 책을 내고 초보 부모님들과 보육 현장에 계신 분들에게 나름대로 도움이 되어 희망이 생긴다면 베스트셀러가 되지 않아도 이미 성공한 것이다.

사회 첫 경험을 시작하느라 두려워하는 아이들, 그리고 아이들이 첫 사회 경험인 어린이집 생활을 잘 견디어 낼까 걱정 속에 있는 부모님들을 위해 글을 써야 하는 것이 나의 소명이자 글 쓰는 이유가 되었다. 좀 더 제대로 육아에 관련된 내용을 전해 주고 싶어 시중에 나와 있는 육아와 보육 현장에 관련된 책을 많이 읽었다. 읽을수록 나는 글을 써야겠다는 생각이 절실했다. 어린이집에 관련한 책 중에는 실질적인 현장에서의 경험 이야기는 많지 않았다. 그래서 어린이집에서 부모님들과 함께 상담한 사례를 부모님의 허락을 받아 실었다. 그런데 과연 이 책을 내고 뻔한 이야기라고 손가락질을 받지 않을까? 라는 두려움이 밀려왔다. 그렇지만 학부모를 막 시작하는 90년생 초보 부모님들과 함께 사회를 처음으로 경험하는 아기들에게 알려주고 싶은 이야기가 많아 포기할 마음이 없었다. 누가 뭐라든, 이 책을

아이를 보면 **부모가 보인다**

읽고 많은 분이 아니고 단 한 분이라고 도움이 되었다면 만족한다. 그리고 나는 이 책을 통해 내가 잘할 수 있는 새로운 것을, 내 인생에서 희망과 빛을 찾았다.

끝으로 이번 책의 지필을 시작으로 2번째 책, 3번째의 책, 내가 죽기 전까지 알고 있는 것을 나누고 싶은 마음에 계속하여 집필할 생각이다. 왜냐하면, 나도 초보 부모 시절을 경험했고, 좋은 부모가 되기 위해 노력하였다. 내가 얻은 결론은, 부모 노릇을 잘하기 위해 이제는 부모 스스로 배워야 한다는 걸 알았다. 옛날에는 대가족의 형태에서는 어린 나이에 결혼해서 가정을 이루어도 조부모님들과 함께 생활하면서, 양육을 배우고, 가족의 위계질서와 도덕 등을 양육하며, 초보 부모이기에 배우면서 어른이 되었다. 그런데 요즘은 핵가족이 되면서 육아하는

데 필요한 태교부터, 수유, 수면, 이유식, 영양공급이나 훈육 등을 배우기 위해서 스마트기기를 통해서 배우게 된다. 그런데 육아와 관련된 정보는 다양하게 많지만 상반된 이야기 하는 경우가 있다. 양육에 대한 설명이 매우 잘못된 경우로 인하여 오히려 초보 부모들은 혼란 속에 빠지게 된다. 중요한 것은 육아에는 정답이 없다는 것이다. 사람마다 성장해온 가정환경에 따라, 부모들이 바라보는 세상의 관점에 따라 양육에 대한 결론이 달라질 수 있다.

이 책을 통해 부모님들과 교직원들과 함께 생생한 보육 현장에서의 경험을, 현장에서의 역동을 나누려고 한다. 처음부터 끝까지 보육 현장에서 얻은 경험을 통해 배울 수 있었던 모든 것들을 이 책에 담았다. 혹시 지금 아이와 어린이집의 믿음이 없어 힘겨워하는 누군가가 이 책을 읽고 힘을 얻기를 바란다. 세상에 믿을 만한 어린이집이 있을까? 의심의 눈초리보다 믿고 맡기라고 말한다. 우리 아이가 행복하게 성장할 수 있는 곳이 있다는, 마음이 생긴다면 좋겠다. 아프리카에는 이러한 속담이 있다. '한 아이를 키우기 위해서 온 마을이 필요하다.'라는 말처럼 우리 아이들은 가정에서 부모의 도움으로만 성장하지 않고 여러 사람의 관심과 사랑으로 성장한다는 이야기다. 빠르게 변화하는 세상, 형제가 적거나, 아예 없는 아이들이 다 같이 건강하게 성장할 수 있도록 부모님과 함께, 정답이 없는 육아에 동참하고자 한다.

좋은 부모, 똑똑하고 건강하고, 행복한 아이로 성장하는 것은 많은 부모님의 소망일 거다. 그러기 위해 부모는 내 아이가 하는 말 한마디, 행동 하나를 이해해야 한다. 그래서 지금부터 우리 아이를 위해 또래 부모님들과 함께 나눈 이야기를 실었다. 이 책을 읽고 어린 자녀를 어린이집에 보내고 걱정하는 부모님들과 영유아들을 돌보는 어린이집 교직원들이 보육에 조금이나마 도움이 되었으면 한다.

이 책을 쓰기 위해 학부모님들과 교사분들의 도움이 있기에 가능하였다. 감사드린다. 특히 작가의 길을 걸을 수 있도록 용기와 도움을 주신 이은대 작가님께 감사 인사를 드린다.

차 례

제1장

사회의 첫 관문
어린이집

1.
사회생활을 시작하는 내 아이의
사회적 유능성은?

어린이집에서 우리 아이 친구들과 잘 지낼 수 있을까요?

"안돼"

라고 민지가 소리 지르며 친구를 밀어버린다. 민지는 이처럼 자기 주변에 있는 사람과 사물에 강하게 반응하는 활발한 아이다. 친구들이 다른 놀이를 하자고 하거나 다른 방법으로 놀자고 하면 민지는 친구의 말을 듣지 않고 자신 뜻대로 하기 위해 소리 지른다.

6세 태근이는 조용하고 문제행동을 거의 하지 않는다. 태근이는 다른 아이들과 어울리지 않으며 한 가지 활동을 집중하지 못하고 다른 활동으로 옮겨 다닌다. 다른 사람이 말을 걸어오면 반응은 하지만 자신이 주도해서 친구나 교사와 사회적 작용을 하는 일은 거의 없다. 태근이는 대부분 교실에서 혼자 놀이를 한다.

봄이는 다른 아이에게 관심이 많고 또래와 같이 놀이를 하자고 먼저 이야기한다. 봄이는 친구들과 나누기를 잘하고 기분이 좋을 때도 있고 나쁠 때도 있지만 대체로 좋은 편이다. 또래 친구들은 봄이를 좋은 놀이 친구로 생각한다. 봄이가 늦게 등원하거나, 결석할 때면 교사에게 묻는다.

"선생님!"

"봄이 언제 와요?"

민지, 봄이, 태근이는 어린이집 원아로 위의 내용은 교실에서 활동하는 모습을 관찰한 것이다. 아이들의 첫 사회인 어린이집에서 또래와의 놀이를 통하여 아이들은 다양한 사회적 행동을 보인다. 이 중에서 민지와 태근이는 외동아이다. 요즘 외동으로 자라는 친구들이 많아 부모님이 보시기에는 잘 눈치채지 못

하셨을 텐데, 민지와 태근이의 사회활동은 별로 바람직하지 않은 상호작용 유형을 보인다고 할 수 있다. 민지와 태근이가 놀이 시에 보이는 유형의 상호작용을 계속하게 된다면 성인이 되어 사회적으로 성공할 가능성이 적다고 할 수 있는 사회적 상호작용의 기술을 보인 것이다. 반면에 봄이는 적극적인 사회적 기술을 보인다. 봄이 상호작용을 볼 때 성인이 되었을 경우 긍정적인 미래를 예측하게 할 수 있다.

수남이는 29개월, 우리나라 나이로 4세다. 올해 어린이집에 처음 입학하였다. 수남이 어머님은 아이를 어린이집에 보내시면서 느꼈던 마음을 상담 오셔서 말씀하셨다.

"요즘 세 살 되면 아이들은 어린이집에 입학하는데, 저는 첫돌 지나고 말을 할 수 있을 때 보내야겠다고 생각을 하였습니다. 그래야 수남이가 어린이집에 있었던 이야기를 전해 줄 수 있으니까요."

수남이 또래가 어린이집 가는 것을 보고도 어머님은 수남이를 가정 양육을 하셨다고 한다. 그런 수남이가 4살 되는 2021년 3월 첫 사회생활의 시작인 어린이집에 입학하게 되었다. 부모님은 그때 두근거리고 걱정이 많았던 마음을 글로 써 주신 것이 있어 소개한다.

'수남이를 어린이집에 처음 보낼 때 막연한 불안감과 설렘으로 잠을 이루지 못했습니다. 오롯이 엄마와 24시간을 보냈던 아이가 낯선 어린이집에서 잘 적응하며 첫 사회생활을 시작할 수 있을까 하는 걱정이 앞서기도 하고, 갑자기 변화된 환경에서의 생활이 아이의 성격 형성에 부정적인 영향을 미치는 것은 아닌지 많은 생각이 들었습니다. 아직 제대로 자기 의사 표현을 말을 하지 못하고 기저귀도 떼지 않아 어른의 보살핌이 많이 필요로 하는 시기인데 어린이집 선생님께서 이런 내 아이에게 얼마나 많은 관심을 주실 수 있을까? 하는 걱정스러운 마음이 컸습니다. 무엇보다 나에게는 아기로만 보이는 수남이가 엄마 없이도 친구들과 잘 어울리고 밥도 먹고 낮잠도 엄마 없이 잘 수 있을지, 고집을 피우거나 말썽을 부려 선생님과 친구들을 힘들게 하지는 않을지 고민이 많았습니다. 그런데도 난 아이의 손을 잡고 사회생활의 첫 시작인 어린이집으로 발길을 옮기고 있었습니다.'

라고 하시면서 어린이집에 처음 내 아이를 보내면서 마음고생 하셨다고 글을 써주셨다. 수남이 어머님만이 아니라 어린이집을 처음 보내는 부모님도 다양한 고민과 생각 등을 한다. 아이가 사회 첫발을 내딛는 곳인 만큼 보다 자율적이고 가정과 같이 친밀한 환경에서 선생님의 사랑을 듬뿍 받으면서 아이가 즐거운 시간, 안전한 시간을 보냈으면 하는 바람이 어린이집 처음 보내는 부모님의 마음이다.

어린이집에서의 생활은 앞에서 민지와 태근이, 봄이의 예에서 보았듯이, 첫 사회인 어린이집에서 교사의 역할은 이렇다. 첫 사회 경험에서 부족할 수 있는 부분들을 위해 민지와 태근이가 다른 사람들과 더 잘 어울려 놀이할 방법을 배울 수 있도록 노력한다. 교사는 아이들의 눈높이에 맞춰 또래들과의 놀이 속에서 아이를 관찰하고, 건강하게 성장할 수 있도록 노력한다. 그리고 봄이와 같은 친구들은 거기서 머무는 것이 아니라 자신의 기술을 확장하도록 어린이집에서 교사들은 놀이를 통한 지원을 한다. 이 세 아이의 어린이집에서의 활동을 전문적인 용어로 표현을 한다면 '사회적 유능성'이라고 한다. 아이들의 사회적 유능성은 아이의 발달에 매우 중요한 역할을 하는 기능이다. 미국에서는 아동이 무책임하기보다는 책임감이 있을 때, 남의 말을 잘 따르기보다는 독립적일 때, 적대적이기보다는 우호적일 때, 반항적이기보다는 협동적일 때, 목적이 없는 것보다는 목적이 있을 때, 충동적이기보다는 자기 조절을 잘할 때 사회적으로 유능하다고 본다.

지역사회의 환경을 활용한 또래들과 산책놀이

아동 연구자인 윌러드 하트업(Willard Hartup)는 1992년 연구에서 성인기 적응을 가장 잘 예측하는 아동기의 요인은 '지능지수도 학교 성적도 아닌, 다른 아이들과 잘 어울리는' 정도라고 연구에서 밝혔다. 일반적으로 다른 아이들이 좋아하지 않거나, 공격적이고 방해하는 아이, 다른 사람들과 친밀한 관계를 유지하지 못하는 아이는 심각한 '위험' 상태에 놓여 있다고 한다. 이처

아이를 보면 **부모가 보인다**

럼 사회적 유능성은 아동이 자신에 대해서 어떻게 느끼는지, 다른 사람들이 이 아동을 어떻게 지각하는지에 있어 큰 차이를 가져온다. 사회적 유능성이 좋은 아이들은 다른 사람들과 상호작용할 때 더 성공적이며, 보다 인기가 많고 삶에 대한 만족도 더 크다. 이처럼 아이들의 사회생활 첫 경험이 아이들이 살아가는 데 여러 요인에 의해서 영향을 받게 된다. 이렇게 아이들은 어린이집에서의 첫 사회생활을 시작하게 된다.

2.
이제 슬슬
어린이집을 보내볼까?

어린이집에서 또래 친구들과 신나는 놀이를 통해 사회성 배워요.

만 1세, 우리나라 나이로 3세가 되면 스스로 걷기도 잘하고 호기심도 많은 시기가 된다. 이때부터 부모님들은 또래들과 놀이를 할 수 있는 놀이터나 문화센터를 찾아가기도 한다. 작년부터 코로나 19로 문화센터도 하지 않아 부모님들이 어린이집에 입소 문의를 많이 한다.

아이가 태어나면서부터 6세까지의 시기는 앞으로의 발달을 위한 중요한 기초가 되는 시기이다. 이 시기에 영유아들의 뇌가 90% 이상이 발달한다고 보면 된다. 만약 이 시기에 발달을 증진 시키는데 필요한 경험을 하지 못하면 이후에 기술이나 능력을 습득하기가 훨씬 더 어려워진다. 이때를 최적 발달의 시기라고 한다. 보통 출생부터 12세까지의 아동은 사회적 학습자가 되려고 동기화되어 있다. 타인과의 관계 맺기를 원하고 사회적으로 참여하고 싶어 하고 모방하면서 아이들은 성장한다. 그래서 이 시기에는 사회적 유능성과 관련된 기본적인 태도와 행동을 발달시키기에 최적의 시기이기에 부모님들도 슬슬 어린이집을 보내볼까 생각을 하게 되는 것이다.

학습이론가 유리 브론펜브레너(Urie Bronfenbrenner)는 연구에서 이렇게 말했다.

"협동심, 관대함, 충성심, 정직과 같은 것은 타고나는 것이 아니라, 부모나 다른 성인, 형이나 언니와 같은 연장자로부터 아동에게 전수됩니다"

이는 우리가 아이들에게 일상생활에서 행동하는 것을 전수하는 사회적인 학습의 예를 볼 때, 지나가다 다른 사람과 부딪쳤을 때 "미안합니다."라고 말하는 것, 그리고 길을 건널 때는 건널목이 있는 곳에서 건너야 한다는 것, 친구와 나누면서 기쁨을 얻는다는 것 등이 학습의 예라고 볼 수 있다. 어른들이 하는 말과 행동을 통해 이런 교훈 들을 아이들에게 전달된다. 아이들은 첫 사회인 가정과 어린이집에서 다양한 사회 경험을 배우게 된다. 엄마들은 아이와 함께 놀이터에서 만난 또래 친구 부모들과 이야기 나눈다.

"이제 돌은 지났으니 어린이집에 다녀도 되지 않을까요?"
"그래도 기저귀를 떼고 보내야 하지 않을까요?"
"말이라도 해야지 어린이집에 다녀온 이야기를 하지 않을까요?"
"우리 아이는 3살인데, 어린이집에 보냈어요"
"그래도 4살은 되어야 하지 않을까요?"
"4살 때 혼자 놀면 엄마가 힘들고 놀이터에도 또래들도 보이지 않아서 난 보내요."

놀이터에 삼삼오오 모인 엄마들의 대화다. 만1세, 만 2세가 되는 이 시기에 부모님들은 슬슬 아이들을 사회에 첫발을 디딜 수 있도록 마음의 준비를 한다. 어린이집을 운영하면서 내가 느낀 결론은 이렇다. 부모님께서 충분히 아이를 잘 양육을 하셨고 어린이집 입소 결정을 하였다면 각 가정의 상황에 맞추어 보내

면 된다고 생각한다. 내 아이를 가장 잘 알고 있고 내 환경을 가
장 잘 알고 선택을 하셨다면 주저하지 말고, 보내야 할 어린이집
을 방문하여 환경도 살펴보고, 어린이집 교직원들과 인사도 나
누어 보고 결정을 하시라고 조언을 드린다.

이제 나도 어린이집 가요. 등원하는 모습

많은 유아교육을 연구한 학자들이 말하는 교과서적인 이론은 이렇게 이야기한다. 첫 돌이 될 때까지는 엄마와의 애착 관계 형성이 중요하고 엄마의 손이 많이 가는 시기다. 그래서 가정에서의 양육이 좋다고 한다. 어린이집에 만 0세 아기들이 있지만, 아이를 보육하는 교직원들도 학자들과 같은 생각이다. 그래서 이런 부분의 어려움을 최소화를 위해 어린이집에 종사하는 교직원은 정부에 변화를 요구하고 있다. 하지만 아직도 어린이집에서는 1명의 교사가 3명의 영아를 돌보고 있다. 이러다 보니 엄마와 1:1의 양육 관계보다 1:3의 양육을 하다 보면 많이 안아주지 못하고 세밀하게 신경을 쓰기도 어려운 상황들이 있다. 교사들이 전문적인 기술과 정성을 다해 3명의 아기를 똑같이 사랑을 주며 안아주기가 쉽지 않다. 돌 전에는 엄마와 1:1 관계로 온전한 사랑을 받는 것이 좋다. 이런 아이들의 상황을 잘 알고 있는 부모님이지만, 그런 현실을 알고 있음에도 불구하고 엄마가 가정에서 아이를 돌볼 수 없는 맞벌이 상황이라면 어쩔 수 없이 어린이집 입소를 하게 된다.

2020년 하반기 통계청의 맞벌이 가구 현황 분석에서 맞벌이 가구 비중은 45.4%를 차지, 맞벌이 가정이 늘어난 것이 현실이다. 이런 상황에 아이를 어린이집에 보낼 때 어떤 것을 신경 써야 하는지 꼼꼼하게 챙겨 보고 믿을 수 있는 어린이집을 찾아 보내면 된다.

중국 속담에 '들은 것은 잊어버리고, 본 것은 기억하고, 직접 해본 것은 이해한다.' 이 속담처럼 아이들이 어린이집을 다니면서 적극적인 신체와 정신을 가지고 사회적 경험을 이해하기 위한 활동을 시작하면서, 직접 경험하면서 성장을 한다.

열매반 아이들 놀이를 관찰하는데 승혁이가 "미안하지만"이라고 말하면서 연아가 가위를 양보해 줄 것이라고 생각을 하고 이야기를 건넨다. 어쩌면 승혁이의 이런 생각이 맞아 연아는 흔쾌히 "그래"라고 말하고 가위를 줄 수 있다. 그런데 오늘은 연아가 등원할 때 기분이 좋지 않다. 승혁이가 믿었던 것과는 다른 결과를 경험하게 되었다. 기분도 좋지 않고 연아도 놀이에 가위가 필요했기 때문에 "싫어"라고 말한다. 이런 사회생활을 통해 승혁이와 아이들은 점차 자신 생각을 변화시켜 나가게 되는 것이다. 그래서 승혁이는 '가위를 사용하려면 기다려야 하지만, 다음은 내가 가위를 쓸 차례야'라고 확장된 생각을 하게 된다.

아이들은 이처럼 적극적인 학습자로 성장하기 때문에, 사회적 세계를 직접 경험할 기회를 많이 필요로 한다. 예를 들어 아이들은 어린이집에서 그달에 생일이 있는 친구들을 축하하기 위해 일정한 날을 정하여 한번 생일잔치를 한다. 이때 아이들은 나누기에 대해 듣거나 말하기만 하는 것보다 실제로 일상생활에서 다른 사람들과 나누는 연습을 하게 된다. 아이들이 돈이 있어 선물을 사지는 않지만, 부모님께서 준비해 주신 선물로 친구의 생일을 축하해주고 선물을 전달해 주면서 나누기를 배우게 된다. 거기에 간식 나눠 먹기, 블록을 함께 사용하면서 놀기, 놀이하면서 친구 한 명을 더 끼워주는 아이들이 스스로 혹은 어린이집 교사의 도움으로 배우는 것이다. 사회성 학습을 위한 이런 자연스러운 기회들을 어린이집에서 교사들은 또래들 놀이에 참여하고 싶을 때 어떻게 말해야 하는지 아이들이 스스로 생각해 보도록 기회를 만들어 도와주게 된다. 이처럼 어린이집 현장에서의 작은 교훈은 아이들이 새로운 기술을 연습해 보고 자신이 사용한 방법에 대해 반응을 배우는 기회를 경험한다. 어린이집에서는 또래와의 놀이 중에 배우기에 효과가 크고 아이들이 성장하는데 사회적 유능성을 기르는 첫 사회가 된다.

3.
어린이집 보내려는데
언제 보내고 무엇을 알아봐야 할까요?

우리 아이가 다닐 어린이집이 궁금해요.

놀이터에서 엄마들이 슬슬 어린이집을 보내기 위해 고민을 주고받았던 것처럼 매년 10월부터 어린이집을 알아보는 상담 전화가 오기 시작한다. 부모님들의 마음은 이렇다. 어린이집은 언제부터 알아보아야 하지? 내가 보내려고 결정을 했는데 바로 어린이집을 보낼 수 있을까? 등 여러 가지 걱정을 하시는 부모님들은 상담 전화를 한다.

유아 교육기관과 원아 모집 시기는 각 기관에 따라 차이가 있다. 보통 3월이면 새 학기가 시작이다. 전해의 11월부터 12월이면 유치원이나, 어린이집 원아 모집 시기라고 할 수 있다. 자녀의 나이에 따라 유치원이냐? 어린이집이냐? 선택하는 기준이 조금 다를 수 있다. 어린이집은 0세부터 다닐 수 있게 시스템이 되어 있고 유치원은 만 3세부터 다닐 수 있다.

부모님들께 내 아이가 다니게 될 유아 교육기관을 방문하여 살펴보시라고 권한다. 환경은 영유아의 발달 특성상 아이들의 발달 정도에 맞는 크기와 높이로 교구 구성이 되어 있어야 한다. 그래서 유아들이 스스로 정리를 할 수 있는 기본생활 습관을 익히게 되는 것이다. 또한, 유아 교육기관은 교실 바닥이 온돌이고 안전감이 있고 쾌적하고 아늑한 분위기가 조성되어 있어야 한다. 이런 분위기에서 영. 유아들의 대. 소 근육의 발달을 균형 있게 길러 줄 수 있는 각종 흥미 영역의 교재 교구들이 마련되어 있어야 한다. 아이들이 오랜 시간 머무는 실내, 실외 환경을 직접 방문하셔서 꼼꼼히 체크해 보시면 된다.

어린이집을 운영하면서 느낀 것은, 먼저 어린이집 입소를 결정하였다면 집과 가까운 곳에 있는 어린이집을 먼저 탐색해 보시라고 권한다. 주변에서 소문이 좋은 어린이집이 집과 거리가 먼 곳에 있어 차량을 이용한다면 아이들에 따라 차량 탑승에 어려움을 느끼는 아이들이 있을 것이기에 그러한 점도 고려해 본다.

우리가 물건 하나를 사더라도 꼼꼼히 따져보고 비교해 보고 물건을 산다. 그런 것처럼 내 아이의 하루의 삶이 만들어지는 어린이집은 더 꼼꼼하게 확인하고 선택을 해야 한다. '임신 육아 종합 포털 아이사랑' 사이트에 들어가면 우리 집 근처 어린이집에 대한 다양한 정보들을 확인할 수 있다. 어린이집의 위치와 어린이집의 규모나 평가인증 유 무, 교직원들의 근속연수, 열린 어린이집을 운영하는지 등 기본적인 사항을 알 수 있다. 이런 기본적인 상황을 확인하였는데도 더 궁금하시다면 요즘 엄마들 사이에서 정보망인 맘 카페에서도 정보를 얻을 수 있다. 이것은 개인적인 생각과 느낌이기 때문에 정확하다고는 할 수는 없다. 그래도 여러 사람의 답변을 종합해 정리해 얻은 정보를 참고하면 도움이 될 것이다. 이처럼 내 아이가 다닐 어린이집 선택에 있어 이왕이면 인기 많고 좋은 어린이집에 다닐 수 있도록, 미리 준비하여 대기해 놓아야 한다. 어린이집 입소 결정을 하였다면 손, 발, 귀 모두 쫑긋 세우고 정보를 얻으려 발품을 팔아야 한다.

어린이집에 관한 정보 수집을 하였다면 내가 직접 어린이집을 방문하여 궁금하였던 것을 알아본다. 상담을 통해 어린이집의 환경과 운영방침, 그리고 어린이집의 분위기를 살펴본다. 그런데도 더 확실한 정보를 얻고 싶다면 현재 재원을 하고 있거나 졸업을 한 친구들의 부모님을 직접 만나 경험을 들어 보는 것도 좋은 방법이다. 이 방법에서 아시는 부모님이 없으시다면 보통 아침 9시에 등원을 하고 기본반, 연장반에 따라 다소 시간이 조금은 다르다. 하지만 보통 오후 4시 이후부터 하원이 이루어진다고 보면 된다. 이 시간에 맞춰 어린이집 앞에 와 보시면 아이의 손을 잡은 어머님들과 아이들을 쉽게 뵐 수 있다. 이 어린이집에 다니려고 하는데 어린이집에 대하여 궁금한 것을 물어보는 방법도 빠르게 답을 얻을 수 있다. 동네에서 소문난 어린이집이라면 대기 신청하도록 한다. 입소 시스템이 몇 년 전부터 달라졌다. 현재 어린이집에 다니고 있는 영유아는 현재 다니고 있는 어린이집을 제외한 총 2개의 다른 어린이집에 대기할 수 있다. 반면에 가정에서 양육하는 영유아들은 총 3개의 어린이집에 대기할 수 있다.

대기를 하고 12월이나 1월쯤 입학 확정을 받았다면 입학 상담에 가서 궁금한 것을 확인해 보도록 한다. 첫 아이를 보내게 되는 부모님들을 더 궁금한 것이 많을 것이다. 막상 상담하다 보면 당황하셨는지 상담을 끝내려고 부모님께 "더, 궁금하신 내용이 있으신가요?"라고 말씀을 드리면 당황해하시고 "집에서는 궁금한 것이 많이 있었는데, 생각이 안 나요!" 하신다.

입학 상담을 가기 전에 미리 궁금하게 생각하는 목록들을 정리 메모를 해 두었다가 상담 때 활용하시라고 권한다. 상담을 오셨을 때 부모님들이 궁금해하시는 내용은 다음에 소개한다. 입학 오셔서 궁금하셨던 내용을 정리했다. 그런데 정리하다 보니 부모님들이 궁금 하시는 것이 비슷하였다. 부모님들도 한 번 체크 해보시면 상담 때 도움이 될 것이다.

첫째. 담임선생님은 어떤 분이신가요?

둘째: 문제 상황이 발생 시 어린이집에서는 어떻게 대처하시나요?

셋째: 선생님들의 경력과 여기 근무하신 지 얼마나 되셨나요?

넷째: 열린 어린이집으로 지정이 되었나요?

다섯째: 등, 하원 시간은?

여섯째: 급, 간식은 어떻게 제공이 되는지?

등 상담은 대부분 어린이집 원장님과 상담을 하게 된다. 상담하고 어린이집의 전반적인 환경도 둘러보도록 권한다. 그리고 원장선생님의 교육관과 교육철학도 한 번 확인해 보는 것도 좋다. 원장님의 교육관과 철학이 어쩌면 그 어린이집의 운영방침이 되어 선생님들이 그대로 전달받아 운영이 된다고 보면 된다. 그러기에 원장선생님의 교육관과 철학이 나와 맞아야 어린이집과 가정이 연계되어 아이의 교육 방향을 잘 잡을 수 있기 때문이다. 예를 들어 원장선생님은 아이들이 놀이 중심의 활동을 지향하는데 부모님은 교육 중심의 수업을 지향한다면 서로 불만이 생길 수 있다. 그러기에 엄마의 생각과 맞는 원을 선택해야 불만이 생기지 않을 것이다.

어린이집에 보내는 시기는 정해진 답은 없다. 각 가정의 상황에 맞추어 보내는 것이 가장 현명한 방법이다. 그리고 어린이집 입소 결정을 했다면 집에서 가까운 곳에 있는 어린이집부터 알아본다.

4.
엄마와
떨어지기 싫어요

"어린이집에 가기 싫어. 엄마랑 집에 있을 거야!"

어린이집 문 앞에서 지호가 떼를 쓴다. 어린이집에 가기 싫은 마음을 엄마에게 최대한 표현을 한다고 소리 지르고 우는 것으로 지호는 자신의 마음을 표현한다. 지호 어머니도 어린이집 교사다. 어쩔 수 없이 지호도 엄마와 긴 시간을 떨어져 하루를 보내야 한다는 것을 알고 있다. 이럴 땐 엄마는 마음도 아프고, 참 난감하다. 싫다는 지호를 억지로 어린이집에 보내는 것이 나쁜 엄마인 것 같은 죄책감이 든다.

신학기 입학 기간 3월의 어린이집 모습이다. 나무반 만2세 서준이는 어린이집 첫 등원인데도 아빠, 엄마 맞벌이를 하시기

신학기 엄마와 떨어져 어린이집 생활하는 적응기의 모습

에 아침 8시 등원을 하고 오후 6시가 넘어야 하원을 하는 친구
다. 입학하고 5일이 지났을까? 서준이는 미끄럼틀을 타다가 갑
자기 "으앙!" "엄마!" 하면서 서럽게 운다. 오전 간식 시간이 되었
다. "서준아!" "간식 먹을까?"하고 교사가 말을 건네자, 또 서럽
게 눈물을 흘린다.

먹는 이야기 하자 엄마 생각이 나서인가?

"그럼, 산책 갈까?" "아니, 산책 안 가고 미끄럼틀도 안 탈
거야!

만 1세 서희는 등원하면서 울며 들어온다. 서희는 울음을 그
쳤다가 울다가를 반복하면서 교사 옆에서 떨어지지 않으려고 애
를 쓴다. 서희는 다문화 가정의 아이로 부모님 두 분이 자영업
을 하신다. 그래서 적응 시간을 충분히 갖지 못하였다. 점심시간
식사를 끝내고 나니 졸음이 오는지 서희는 문 앞에 서서 꾸벅
꾸벅 졸고 있다. 교사는 서희 이불을 빠르게 펴고 "서희야!" "여
기 비행기 이불이 있는데, 서희 이불에 누워 잘까?" 하자 서희
는 울음을 보인다. 교사는 코팅해 놓은 가족사진을 서희에게 보
여 주며 "서희, 엄마, 아빠 여기 계시네!" 하자 서희는 사진을 받
아 손에 쥐고 울음을 보인다. 교사가 서희에게 "선생님이 안아줄
까?" 하자, 교사에게 다가와 안긴다. 교사의 가벼운 토닥임에 서

희는 이내 잠이 들었다.

이렇게 어린이집 3월이 되면 이 교실 저 교실에서 아이들의 울음소리가 어린이집에 울려 퍼진다. 아이들의 울음소리에 부모님들은 발걸음이 떨어지지 않아 한참을 어린이집 근처를 서성거리다가 내 아이의 울음소리가 멈춘듯하면 발길을 돌린다. 발길을 돌리면서 부모님들 머릿속은 내내 복잡하실 거다. '이렇게 엄마가 좋다는 아이를 떼어 놓고 어린이집에 밀어 넣어야 하는지?' '뭐가 문제일까?' '내가 나쁜 엄만가?' '다시 데리고 집에 가야 하나?' '아직, 나와 더 있어야 하는데, 어린이집에 빨리 보냈나?' '이 어린이집이 이상한가?' '선생님이 우리 아이만 안 예뻐하시나?' '아니! 운다고 선생님이 혼내시나?' 등 발걸음을 옮기면서 엄마들의 생각은 꼬리에 꼬리를 물고 나쁜 엄마부터 나쁜 어린이집 심지어 일어나지도 않은 아동학대가 있나? 등 다양한 상상의 나래를 펼친다.

신학기에는 특히 만0세~만 2세 영아들은 적응 기간(어린이집에 처음 등원할 때 부모님과 함께 단계별로 최소 5일에서 약 4주에 걸쳐 어린이집을 탐색하면서 부모와의 이별을 준비하는 기간)의 등원 거부 행동은 아주 자연스러운 행동이다. 처음 경험하는 어린이집의 적응 기간 중 아이를 믿고 어린이집을 믿고 기다려 주는 엄마의 행동이 아주 중요한 기간이다. 적응 기간에는 주 양육자가 함께 진행하는 것이 좋다. 맞벌이로 바쁜 부모님이시면 할머니와 또는 아이를 양육하는 주 양육자가 적응 기간 프로그램에 참여해도 된다. 앞서 말씀드렸듯이 적응 기간은 아이가 낯선 환경에 적응할 수 있도록 도움을 주는 기간이다. 새롭고 낯선 공간이 어린이집에 아이들이 처음 와서 느끼는 불안감이, 내가 아는 사람이 그 공간에 있다면 불안감이 줄어들고 든든하고 안전하게 생각하고 적응을 한다. 적응 기간에 낯선 환경이 신기하기도 하고 다양한 놀잇감에 호기심도 있어, 집중해서 놀이하다가도 엄마가 있는지를 계속 확인하고 엄마에게 왔다가, 갔다가 하면서 놀이를 한다.

기본적인 적응프로그램은 각 기관 특성에 따라 진행한다. 그리고 아이마다 적응 속도가 다르다. 그래서 입학하면서 적응 기간을 부모님께서 많이 물어보신다. 딱 떨어지게, "5일입니다." "1주일입니다."라고 단정을 지어 드릴 수 없다. 적응 기간은 아이의 속도에 맞추어 담임선생님께서 부모님과 상의하여 진행하게 된다.

어떤 아이는 첫날부터 잘 지내어 부모님이 오히려 당황하면서 적응 기간을 하지 않아도 되냐고 질문을 하신다. 그런데 처음에 신기해서 호기심에 잘 놀던 아이도 하루 이틀 정도가 지나면 새롭고 신기하고 집에는 없던 놀잇감에 대한 흥미도가 떨어지고 엄마 없이 혼자 적응을 시작하는 상황이 되면 그때부터 불안이 시작된다. 그 불안이 커 가면서 엄마와 떨어지지 않으려고 울면서 등원 거부하는 상황이 벌어져 등원하면서 울고, 괜한 트집을 잡고 떼를 쓴다. 이런 상황이 되면 엄마의 불안은 더 커지게 된다. 처음에 당황스러울 정도의 친화력을 보였던 아이가 등원을 거부하면 엄마는 당황스럽기도 하고, 어린이집에서 '무슨 일이 있나?' 하면서 걱정을 잔뜩 하게 되신다. 이렇게 아이가 부적응을 보인다면 부모님께서는 걱정하지 않아도 된다. 이런 일들은 적응 과정 중에 나타나는 현상이다.

각 기관에서는 적응 기간을 한 달 정도로 계획하고 있다. 부모님께서 느긋한 마음으로 아이와 함께 적응 기간을 잘 보낸다면 엄마와 떨어지기 싫어하는 아이들도 적응프로그램을 통해 새로운 사회에 잘 적응할 것이다.

5.
아이의 감정을
이해하고 공감하기

평강공주는 왜 울보 공주가 되었을까?

고구려의 평원왕의 딸 평강공주와 바보 온달 이야기가 있다. 어린 시절 평강공주는 밤이나 낮이나 가리지 않고 울어댄다. 그래서 평강공주를 주위에서 '울보 공주'라는 별명을 붙여준다. 평강공주는 아무리 말해도 듣지 않고 계속 울어대는 것이다. 어린이집에서 전문적인 언어로 표현을 한다면, 평강공주의 이런 행동은 문제행동이라고 볼 수 있다.

여기서, 평강공주가 보인 '우는 행동'에 대해 생각하는 것이 다양할 수 있다. 평강공주가 무엇인가 얻기 위한 욕구 충족을 위해서 운다거나, 혹은 사람들의 관심을 끌기 위해서 우는 행동을 보이거나. 심리적으로 불안해서 울 수 있다. 이처럼 평강공주의 우는 행동을 무조건 문제행동으로만 취급하기보다는 그 원인을 이해하고 올바른 중재 방법을 모색하여 평강공주의 마음을 이해하고 공감하는 노력이 중요하다고 볼 수 있다. 평강공주처럼 영유아들도 흔히 문제행동이라고 규정하면서 보이는 정서와 행동이 아직 까지는 별도의 의료적 개입이나 전문적인 치료가 필요한 정도까지는 아니거나, 장애라고 보기는 어려운 상태를 말한다. 그렇다고 이런 정서적인 문제를 내버려 두는 경우 성장을 하면서 자신이나 타인, 주변 환경에 위험을 초래하거나 이후 성장에 저해된다. 내버려 두는 경우 부모로부터 충분한 사랑을 받지 못하고 있거나 불안정한 양육 환경 속에서 출생 및 성장한다면 다양한 부적응을 초래할 수 있는 상태에 놓여 있다고 할 수 있다.

어린이집 신학기 3월 입학을 하고 난 후 적응 기간 아이들은 극심한 불안감에 놓여 있다.

잎새반 소망이 어머님께서 신학기 상담을 오셔서 낯 가림이 심하고, 잘 울고 깨물거나, 때리는 친구에 대한 트라우마가 있어 낯선 친구가 다가오기만 해도 우는 소망이 어린이집에서의 생활을 알고 싶어 하셨다. 신학기 입학 기간에 소망이 같이 정서 및 부적응 행동을 보이는 촉발요인을 학자들은 3가지 요인으로 이야기를 한다.

첫째 요인으로 우리가 흔히 말하는 '가족력이 있는지' 또는 '누구를 닮아 우리 아이는 성격이 까다롭지, 순하지?' 등의 유전 요인이라고 할 수 있다.

둘째 요인으로는 신경학적 요인으로 '오늘은 어떤 기분일까?'라고 생각할 수 있는 것은 인간의 뇌에는 신경전달 물질 중 도파민과 세로토닌이 인간의 뇌 안에서 작용하기 때문이다. 세로토닌은 수면, 운동기능, 학습 등에 영향을 주는데, 자폐 아동의 일부는 혈중 세로토닌이 높다는 연구 보고들이 있다. 따라서 세로토닌의 결핍 시 식욕 조절이 안 되어 비만 등 섭식 문제가 나타나거나, 신경 내분비 조절의 어려움으로 강박이나 불안과 공포, 폭력 등의 문제행동을 일으킬 수 있다.

셋째 요인으로 우리가 주변에서 많이 들은 이야기다. 아니 나도 그렇게 아이를 키울 때 이야기를 했었다. "큰아이는 키우기 쉬웠는데 작은 아이는 키우기가 정말 힘들어요"라고 이야기하는 경우 또는 그렇게 말한 적이 있을 것이다. 여기서 '그 사람만이 지닌 개성'을 기질이라 하는데 미국 뉴욕에서 시행한 연구가 있다. 연구에서 심리적 특징을 9가지로 제시를 하였다. 얼마나 움직이는지에 대한 '활동 수준', 또 하루 동안 먹고 자고 배뇨하는 '규칙성', 새로운 물건이나 환경에 대한 '적응성', 얼마나 관심을 보이는지 '반응의 강도', 반응에 필요한 자극의 강한 정도인 '반응 민감도', '기분의 질', '주의 산만도', '지속성', '주의집중 시간' 등 9가지이다. 9가지 심리적 특징을 바탕으로 양육하기 쉬운 순한 아이, 키우기 어려운 까다로운 아이, 천천히 시작하는 더딘 아이 등 세 가지 유형으로 유아교육을 연구하는 학자는 기질을 분류하고, 이는 어린이집이나 유아교육 기관에서는 아이들의 문제행동을 이해하는데 기준이 된다. 여기서 어른들은 쉽게 편견을 갖고 일반적으로 까다로운 유아가 조금 더 문제행동으로 발달할 가능성이 클 것 같다고 생각을 하지만 반드시 그렇게 되는 것은 아니다. 이런 기질 때문에 '큰아이는 키우기 쉬웠는데, 작은 아이는 키우기 힘들다.'라는 이야기를 하시는 것이다. 이런 유아의 기질과 함께 고려하는 것이 있다. '부모와 유아 간의 애착'과 '상호작용'을 고려해 보면 더 쉽게 이해를 할 수 있다.

지영이 부모님께서 걱정하시는 마음, 평강공주가 울보 공주가 된 이유, 이 모든 것은 영유아기에 겪은 외상 경험에 있다고 가정을 한다. 우리가 잘 알고 있는 정신분석학자 프로이트는 과거 어린 시기의 경험들이 현재의 생각과 행동, 정서 반응에 영향을 준다고 주장하였다. 그래서 프로이트는 '일생 중 가장 중요한 발달 시기인 영유아기를 어떻게 보냈는지'가 중요한 이슈라고 주장을 하였다. 나 또한 어린이집을 운영하면서 영유아의 시기가 가장 중요하기에 교직원들에게 아이들에게 상처가 되거나, 정서나 모든 경험이 중요하다고 강조하는 부분이다.

지영이가 3월 적응 기간 때 낯가림이 심하여 쉽게 교사에게, 친구에게 다가가질 않았다. 놀이할 때도 조심성이 많아 새로운 활동을 할 때도 소극적인 모습을 보였다. 좋아하는 음식만 먹으려고 했다. 부모 상담 때에 지영이 식생활에 대해 어머님께서도 지영이가 편식이 심해 지영이가 안 먹겠다고 하면 그냥 주지 마세요. 잘 먹는 거는 조금 더 챙겨 주시면 감사해요. 라고 말씀을 하셨다. 그러나 이 시기에 편식으로 인하여 불균형 식사를 지속한다면 지영이의 성장 발달에 악영향을 미칠 수 있다. 그러나 지금 지영이가 어린이집에 입학하고 5개월이 지났다. 지영이는 음악이 나오면 180도 돌변하여 음악 소리만 들리면 흥이 넘쳐 즐거워 춤을 춘다. 음식도 좋아하는 것만 먹지 않는다. 어머님이 말씀하신 대로 주었다면 지영이는 좋아하는 음식만을 먹고, 새로운 음식을 탐색할 기회를 잃고 말았을 것이다. 지영이가 싫어하는 음식을 왜 싫어하는지 감정을 알아주고, 음식을 소개해주고, 거부감을 줄이고 교사는 지영이 감정을 이해하고 공감하면서 지영이가 안정을 찾고 변화를 할 수 있도록 사회적 유능성을 촉진하기 위하여 역할을 하였다. 지영이는 이렇게 3월 어린이집 생활에 적응을 잘하고 음식도 편식을 줄이고 사회 첫 경험을 성공하게 되었다.

어린이집에 몇몇 친구들은 짜증과 울음의 연속 그리고 양육자와의 부정적인 패턴들을 또래와의 놀이와 활동을 통해 성공적 경험을 새롭게 형성한다. 그러면서 아이들은 양육자에 대한 불안한 부정적인 패턴들이 좋은 이미지로 새롭게 저장될 때 건강한 삶을 살아갈 수 있다. 그러기에 아이들의 감정을 이해하고 공감하는데 부모들, 교사들, 주 양육자들은 민감하게 반응해야 한다.

6.
우리 아이의
애착은?

생애 초기 내 아이에게 나는 충분히 애착을 형성하였는가?

오래되었지만 2006년 12월 10일 SBS 스페셜 66회 "부모가 야생의 아이들을 만들 수 있다" 프로그램에서 생애 초기 부모의 돌봄을 제대로 받지 못하고 자란 아동 사례가 방송되었다. 내용은 1991년 우크라이나에 사는 옥산나는 당시 8세 여야로 가족이 아닌 들개들과 지내는 것이 발견되었다. 옥산나의 엄마는 알코올 중독자로 3세인 옥산나에게 먹을 것을 주지 않고 내버려 두어 아이는 돌아다니다가 인근의 야생 들개들과 5년 동안 생활을 했다. 사람들에게 발견되었을 당시의 옥산나는 사람처럼 걷지 못하고 개처럼 짖거나 네발로 뛰어다녔고 야생의 습성을 보였다. 옥산나는 구조가 되어 인간사회로 돌아왔고 15년후 23세가 된 옥산나는 인간의 모습을 되찾은 듯 보였지만, 자신의 이름만 겨우 쓰고 간단한 수 세기도 할 줄 몰랐다. 옥산나가 종일 하는 것은 음악을 듣거나 춤을 추는 것이었고, 옥사나는 유아처럼 아기 인형을 가지고 노는 것을 좋아했다. 옥산나는 가끔 사람들의 눈을 피해 들판에 가서 네발로 뛰고 짖는 등 개의 습성을 보이기도 했다. 언어가 습득되고 습관이 형성되는 어린 시기에 버려져 개와 함께 생활하면서 동물의 생활 습관이 형성되어 결국 인간세계에 제대로 적응하지 못하게 됨을 보이는 사례다.

내가 존경하는 학자 프로이트는 다윈의 진화론적 관점으로 애착 형성을 동물 행동과 발달심리학, 인지 과학 등으로 설명을 하였다. 여기에 영국의 정신 분석가이자 정신과 의사인 볼비(John Bowlby)는 동물심리학 연구를 통해 애착 이론을 연구하였다. 최근에는 영유아를 양육하는 부모나 어린이집 교사 중 애착이라는 용어를 모르는 이가 없을 정도로 보편적으로 사용하고 있는 용어이다. 여기서 '애착'이란 한 개인이 생애 초기 단계에 자신을 돌봐주는 사람에게 느끼는 정서적 유대감을 말한다. 볼비는 인간의 애착은 사람이 살아가는 평생 발달한다고 보았다. 부모들은 신생아가 태어나면 모유 수유와 인공 수유가 어떤 차이가 있고 둘 중 무엇이 더 좋은지를 고민을 한다. 그리고 이유식 시기가 되면 조기 이유와 만기 이유 중 어느 것이 더 좋은가를 고민하는데 이런 것들도 중요하지만 이보다 더 중요한 것이 바로 양육자의 민감성이라고 할 수 있다. 민감성은 아기가 보내는 신호에 따라 수유 상황을 민감하게 인지하고 아기들의 생활 리듬에 맞춰 조절해 주는 엄마의 민감한 능력이 애착 행동 발달에 영향 준다고 연구 결과 밝혔다.

앞서 지영이가 낯선 사람에 대한 두려움을 느끼는 것에 대해 에인스워스(Mary Dinsmore Salter Ainsworth) 학자는 생애 초기 아이와 어머니의 낯선 상황 실험으로 안정 애착유형, 회피 애착유형, 저항 애착유형으로 애착 행동을 설명했다. 안정 애착유형의 아이들은 엄마가 있으면 낯선 상황에서도 재밌게 놀이를 하고 엄마가 떠나면 찾으면서 불안을 보이다가 엄마와 만나면 쉽게 안정을 찾는다. 일반 영유아들과 부모님들에게 볼 수 있는 애착이 안정 애착의 유형이라고 할 수 있다. 반면에 불안정 회피 애착이 형성된 유형의 아이들은 엄마가 떠나도 동요하지 않고 어머니와 다시 만나도 다가가지 않고 엄마는 아이의 요구에 무감각하고 아이와 신체접촉을 적게 하고 거부적으로 아이를 다루는 유형을 말한다. 결론적으로 회피 애착의 아기들은 엄마에게 불안하게 애착을 형성하고 엄마를 회피하는 반응을 보인다. 간혹 자신의 엄마보다 낯선 사람에게 더 친근감을 표현하는 아이들도 있다. 그리고 아주 적은 유형이지만 불안정 저항 애착의 유형은 엄마가 있어도 잘 탐색하지 않고 엄마가 떠나면 극심한 불안을 보이고 엄마가 다시 돌아오면 화를 내거나 엄마에게 다가가지 않고 엄마가 안아주려고 하면 피하기도하는 행동을 보인다. 이 불안정 저항 애착에 속한 아이들은 눈에 띄게 화가 나 감정적으로 불안함을 많이 표현하는 아이들이 어린이집 놀이 중에 관찰되곤 한다.

새싹반 시우 어머니께서 첫 아이 시우를 보내면서 애착 때문에 어린이집 보내기 전 고민이 많으셨다고 한다. 어린이집에 입소하기보다 엄마와의 안정 애착 형성을 위해 집에 더 데리고 있어야 하는지! 시우 어머님은 시우를 어린이집에 6개월 보내시고 말씀하였다. 결론은 어린이집에 보내니 확실히 가정에서 쉽게 해주지 못하는 다양한 활동과 또래들과의 놀이에서 시우가 항상 웃고 있는 행복한 모습을 보면서 어린이집 입소를 잘했다는 생각이 드셨다고 한다. 시우는 엄마와 안정 애착이 형성되었다고 볼 수 있다. 시우는 걱정하지 않으셔도 된다고, 부모님과 안정 애착이 잘 형성되었다고 전해드렸다.

안정 애착을 형성한 시우는 어린이집에서도 호기심도 많고 적극적이며 자신의 감정을 교사와 친구들에게 말로 표현하기도 한다. 실외 놀이시간 산책할 때면 또래와 손을 잘 잡기도 한다. 친구와 손을 잡고 가다가도 앞서가던 친구가 넘어지면 시우도 몇 번이고 따라서 넘어지는 행동을 한다. 그러면서 아직 언어가 익숙하지 않아 '으아' 하면서 소리를 지르거나 분명하지 않아 얼버무리는 것처럼 들리는 친구의 말을 반복하며 따라하기도 한다. 어느 날은 넘어지는 친구를 따라 하다 진짜로 넘어져 무릎이 까진 적도 있다.

볼비는 어린 시절의 애착 문제와 부모의 우울증, 정신장애가 서로 연관성이 있다고 예측하였다. 연구 결과 어린 시기 부모와 불안정 애착을 형성한다. 또한, 부모와 오랜 기간 분리되거나 버림받게 되면서, 시설에서 방치되어 부모님의 사랑과 관심 속에 양육적 돌봄을 받지 못하면서 성장할 때 아이는 불안정 애착이 형성되어 발달상의 문제와 성인이 되어도 정신질환의 전조가 될 수 있다고 연구 결과에서 밝히고 있다.

이처럼 영아기에 형성되는 애착은 이후 인지, 정서, 사회성 발달에 큰 영향을 준다. 안정된 애착을 형성한 영아는 유아기에 자신감, 호기심, 타인과의 관계에서 긍정적인 성향을 보인다. 그러다 보니 자연스럽게 안정 애착을 형성한 아이는 학령기가 되어서 도전적인 과제를 잘 해결하고, 좌절을 잘 참아내고, 문제 행동을 덜 보인다. 이렇듯 애착은 영아기에 발생하는 가장 중요한 형태의 사회적 발달이기에 부모님은 신생아라고 누워 있는 시기부터 영아기까지 생애 초기 내 아이와 안정 애착 형성을 위해 아이들이 부모에게 요구하는 행동으로 울거나 옹알이할 때, 미소를 지을 때 등 아기들의 욕구를 빠르게 충족시켜 긍정적인 정서적 유대관계를 형성하였는지 점검해 보시라고 권한다.

7.
믿는 만큼 자라는
내 아이

교사도 사랑입니다. 지켜봐 주시고 믿어 주시면 더 잘 할 수 있어요.

태민이가 입학 초기 3월 4월 어린이집 적응을 끝내고 어머님께서 선생님, 원장님, 감사합니다. 하면서 인사를 하신다. 일반적으로 아이들이 신학기 입학 적응 기간은 보통 2주나 4주 정도면 적응이 이루어진다. 그런데 태민이는 적응하는데 2개월 이상 걸렸다. 엄마랑 분리되는 상황에 거부감이 컸다. 적응 기간 어머님께서 같이 있는데도 태민이 불안이 생각보다 컸기에 함께 적응 기간을 보내면서 어머님은 눈물을 보이셨다. 너무 일찍 보내는 건 아닌지? 걱정과 후회를 많이 하셨다. 적응 기간이 더운 여름도 아닌 3월에 태민이는 옷이 흠뻑 젖도록 땀을 뻘뻘 흘리고 얼마나 큰 소리를 지르면서 우는지 어린이집이 떠나갈 듯 힘든 적응 기간을 보냈었다. 태민이 어머님께서 이렇게 말씀하신다.

"처음엔, 선생님이 태민이 싫어하나? 다양한 생각이 들었습니다. 그런데 어린이집을, 선생님을 믿고 기다리니 어느 순간 태민이가 적응하였네요. 주변에서 적응을 기간 힘들어하는 태민이와 나를 보고 두돌 지나면 보내지!, 어린이집을 바꿔봐. 라는 조언의 말들을 하였습니다. 그런데 저도 교육자이고 적응 기간 함께 있다 보니 어린이집의 상황을 확인할 수 있어 어린이집을 믿고 보냈습니다."

라고 말씀하셨다. 늦게까지 힘든 적응을 겪었지만, 덕분에 태민이는 그 후 어린이집 등원할 때 현관에서 한 번도 엄마와 헤어지는 것 힘들어하지 않았다. 미소 띤 얼굴로 엄마에게 인사하고 담임과 함께 교실로 쏙 들어간다. 그리고 어머님께서는 21개월 태민이를 어린이집에 보낸 것에 만족스럽다고 하셨다.

태민이와 같이 부모와 떨어지는 것이 힘든 아이들도 있다. 어린이집을 통해 엄마와 이별하는 것도 배우고, 나 이외의 타인들도 배울 수 있는 사회생활을 배우는 첫걸음인 어린이집 입소를 추천한다. 태민이가 무엇이든지 엄마에게 해 달라고 했던 모습이 또래들과 생활하며 친구에게 배우고, 교사와 놀이를 통한 배움에서 태민이가 성취감도 얻고 스스로 도전하려는 모습으로 바뀌는 태민이가 신기하다고 하셨다. 특히 요즘 들어 말이 늘어 다양한 언어를 구사하는데 놀라셨다고 하신다. 아이들은 어린이집에서 또래들과 교사들의 정성 어린 보살핌 속에 자연스럽게 배운다. 믿고 기다려 주면 적기 적소 교육을 할 수 있는 곳 어린이집이다. 태민이 어머님께서 포기하지 않고 적응 기간을 잘 넘기고 태민이가 행복한 시간을 보내게 됨에 감사하다고 말씀하셨다. 오히려 힘든 적응 기간을 포기하지 않고 인내해 주신 어머님께 감사를 드렸다. 혹여 내 아이를 어린이집을 보내려고 계획을 하셨다면, 어린이집을 믿고, 담임교사를 믿고 언젠가는 부모와 떨어져 지내는 시기가 오면, 적절한 시기를 잘 선택하셨다면, 걱정하지 말고 태민이 어머님처럼 인내를 갖고 신뢰하는 마음으로 시도해 보시길 바란다.

"원장님!"

"저, 드릴 말이 있어요!"

해든 반 선생님이 제게 와서 상담을 요청한다. 해든 반 부모님 몇몇 분께서 아이를 믿지 못하시는지, 어린이집을 믿지 못하시는지, 알 수 없지만, 어린이집 주변을 맴돌면서 사진을 찍거나, 동영상을 찍는 모습 등 심지어 한 시간을 등 돌리고 서서 어린이집 창문으로 새어 나오는 교사들과 아이들의 놀이 상황의 이야기를 귀를 쫑긋하고 듣는 부모님도 계신다. 듣고 말면 그만인데 그 들었던 내용을 같은 반 어머님과 공유를 하신다. 또는 아이들과 한참 놀이를 하고 있는데 환기를 시키려고 열어 놓은 창문으로 갑자기 얼굴을 들이밀고 내 아이에게 손을 흔들고 가버리는 부모님들도 계시기에 깜짝깜짝 놀란 적 여러 번 있다고 이야기를 하신다. 해든 반 선생님께서 제게 부탁의 말씀을 하신다.

"부모님들 마음 충분히 이해합니다. 아마 저도 내 아이를 처음 기관에 보냈을 때 부모님들과 같은 마음이었습니다. 내 아이가 처음 어린이집에 가니 불안한 부모님의 입장 당연히 그럴 수 있다는 생각이 듭니다."

"그러나 교사가 맘에 들지 않거나, 어디 두고 보자 내 아이에게 잘하나 못 하나 벼르는 게 아니라면, 어차피 어린이집 보내기를 결심하고 보내셨다면, 아이가 잘할 거라 믿고, 교사 또한 잘 돌봐주실 거라 믿음으로 지켜봐 주시는 것이 좋겠습니다. 아이에 대한 궁금하신 것이 있으시면 언제든지 어린이집 방문을 하시고 이야기를 나누면서 풀어 가면 어떨까요?"

라고 이야기를 하신다.

대부분 이렇게 믿지 못하고 헬리콥터 맘(아이들이 성장해 대학에 들어가거나 사회생활을 하게 되어도 헬리콥터처럼 아이 주변을 맴돌면서 온갖 일에 다 참견하는 엄마를 가리킴)인 자녀들 또한 불안이 높은 친구들이 많다.

발달심리학자 에릭슨(Erik Homburger Erikson)은 발달을 어린 시기만이 아닌 전 생애로 확장한다고 하였다. 그러면서 인간이 태어나면서 사망하기까지의 발달을 8단계로 나누어 설명한다. 그중 영아기인 0세~1세의 첫 발달단계인 신뢰 대 불신 단계로 생애 초기 어머니(주 양육자)의 사랑스러운 보살핌을 받으면 자신이 안전한 곳에서 살고 있음을 경험하고 기본 신뢰감이 형성되고, 반면에 어머니(주 양육자)로부터 사랑을 받지 못하면 타인을 불신하게 된다고 발달심리학자 에릭슨의 주장이다. 어린아이가 뭘 알까 하지만 이 시기 주요 발달의 특징은 어머니와 신뢰감이 형성되면서 사회적 관계로 연결이 될 때 어느 정도의 불신감 경험 또한 중요한 시기이다. 이 시기에 성공적인 발달을 못 하게 되면 성인이 되었을 때도 타인에 대한 불신감이 생기게 된다.

교사가 아이들에게 미치는 영향력은 크다. 그리고 백년지대계인 교육을 포기하지 않는 이상 나라의 희망인 아이들의 미래에 가장 큰 영향을 주는 사람은 가정에서 부모님 다음으로 사회에서 만나는 교사일 것이다. 그러니 어린이집 보내기로 하였다면 서로 믿고 함께 소통하면 내 아이는 믿는 만큼 성장할 것이다.

어린이집에서 또래들과의 캠핑놀이활동 하는 모습

아이를 보면 **부모가 보인다**

8.
어린이집 보내는 것이
왜 중요할까요?

어린이집은 우리 아이가 처음 만나는 사회입니다.

'세 살 버릇 여든까지 간다'라는 속담이 있다. 어릴 때 길러준 좋은 습관이 사람이 살아가면서 좋은 버릇이 된다는 뜻으로 그 좋은 버릇으로 인해 삶이 좋고 윤택하게 된다는 뜻이다. 어릴 때부터 좋은 습관, 바른 생각을 가져야 좋은 말 바른말을 할 수 있고 그 말에 따른 행동 또한 조심해서 올바르게 한다. 올바른 행동을 자주 하다 보면 그 행동이 습관으로 되며 그 습관은 어느새 삶을 살아가는데 성격으로 되면서, 그 사람의 사람 됨됨이를 표시하게 된다. 이처럼 어릴 적 유아교육에 대한 중요성은 한 인간으로서 갖추어야 할 품성과 태도가 어린 시기부터 길러진다는 것을 대변한 속담이다.

사람은 태어나면서 본인이 속한 사회에서 살아나가기 위해 사회적 관계를 맺으며 한 사회의 구성원으로 살아가려는 욕구를 지니고 있다. 이러한 관계를 맺는 욕구는 영유아기에 가정과 유아 교육기관, 또래 관계의 놀이를 통해서 활발해진다. 그러기에 우리 아이들이 어린이집을 통하여 첫 사회 경험을 하면서 한 인간의 발달에 크게 영향을 주는 시기에 보육과 교육이 이루어진다는 것은 중요하다. 영유아기부터 건강, 사회적 관계, 정서 및 창의적 표현 언어, 사고능력 등이 고르게 발달하여 전인으로 성장하기를 기대한다. 그래서 어린이집에서는 아이들에게 전인교육을 실시한다. 여기서 전인교육이란 모든 발달에 있어 균형을 유지하는 것을 말한다. 신체 발달, 언어발달, 인지발달, 정서 발달, 사회성 발달 등이 통합적으로 이루어져 바람직한 인간으로 성장, 발달해 나가도록 돕는 교육을 전인교육이라 한다. 그래서 어린이집에서 실시하고 있는 교육이 그 시기에 적기 적소에 시행함으로 한 인간의 발달에 큰 영향을 주기에 유아 교육기관인 어린이집 보육의 중요성이 더욱 강조되고 있다.

풀잎반 민성 어머니는 늦은 나이에 첫아이를 출산하셨다. 그리고 올해 민성이 동생을 출산하셨다. 민성이 어머니는 또래 부모님들보다 나이가 많아 소통도 어렵고, 직장생활과 병행을 하니, 육아가 힘들다고 하신다. 그래서 민성이는 돌 무렵 어린이집 입소를 했다. 어머님께서 상담을 오셔서 하신 말씀이다.

"늦은 나이 양육을 하다 보니, 그리고 직장생활을 병행하니, 주변에 민성이와 같은 또래의 부모님을 아는 분이 없어 저는 대부분 육아에 대한 정보를 스마트폰이나 다른 미디어를 검색하며, 육아에 도움을 받았습니다. 육아 정보는 스마트기기를 통해서 몇 초 내로 빠르게 내가 원하는 정보가, 수많은 육아 지식이 쏟아져 나와 궁금한 내용을 배우면서 양육을 하였습니다. 그런데 내용을 보면서 작은 화면에 단순히 보이는 몇 글자로 민성이 발달을 비교판단하면서 키우는데 얻을 수 있는 정보는 한계가 있었습니다. 그래서 저는 가정에서 이루어지는 보육을 보완 대처해 줄 수 있는 곳이 어린이집이라고 생각하였습니다. 그래서 어린이집 입소를 빠르게 하였습니다."라고 이야기를 하셨다. 민성이처럼 동생이 태어나면서 어린이집 입학하는 경우가 많다. 첫째 아이들은 동생이 태어나 예민해지고 엄마 품을 동생에게 양보하면서, 스스로 양보가 아닌 강제적인 분리를 경험한다. 그러면서 이 시기 엄마의 관심과 사랑을 동생과 나눔으로 극심한 분리불안을 경험하게 된다. 부모 또한 육아로 인한 스트레스가 심하게 된다. 이럴 땐 아이를 어린이집에 보내는 것도 좋은 방법이다. 아이가 종일 엄마와 같이 있다고 행복하다고 할 수 있을까? 엄마가 행복해야 우리 아이도 행복해한다. 산후 우울증이 있듯이 육아로 인한 스트레스가 심할 경우 엄마도 우울증을 경험할 수 있다. 만약 내가 자주 아이에게 소리를 높여 화를 낸다거나, 아이에게 텔레비전이나 핸드폰을 켜주고 방임을 하고 있다면, 어린이집에 보내라고 권장한다. 아이가 어린이집에 있는 시간만이라도 육아에서 해방되어 엄마가 건강할 수 있는 시간을 만드시라고 말씀드린다.

우리나라가 대가족이 형태였을 때에는 가족 내에서 다양한 형태의 인간관계를 맺고 다양한 경험을 할 수 있었다. 그런데 4차 산업 혁명이 이루어지고 있는 현재는 핵가족화가 되었고, 특히 엄마의 사회활동이 활발해지면서 아이를 한 자녀, 두 자녀로 제한을 두고 있다. 그러다 보니 성인들과의 관계는 물론 또래나 형제자매와의 관계 경험을 통해서 사회적인 기술을 습득할 기회가 줄어들었다.

민성이 어머님과 같이 현대 부모님들은 자녀 양육에서 양육 방법에 대한 혼란, 가정의 공간적인 제한, 부모의 맞벌이로 인한 능력과 시간 부족 등의 이유로 자녀 양육에 있어 체계적으로 교육을 할 수 없다고 생각을 한다. 민성이 부모님처럼 맞벌이 가정을 위한 자녀교육을 대신해 줄 방법으로 어린이집을 선택하신 것이다. 이처럼 어린이집은 현대 핵가족이 고민하는 교육의 문제를 해결해 줄 수 있다는 점에서도 중요한 역할을 하고 있다.

앞에서도 말했듯이 영유아기는 인간의 전 생애를 통해서 가장 많은 것을 배우며 기초를 쌓는 시기이다. 부모나 교사들은 영, 유아 개개인의 발달 정도를 바로 알고 적절한 환경 조성과 구체적인 상호작용을 통해 전인 발달을 도와야 하는 책임과 의무가 있다. 나아가 유아가 지닌 잠재력을 개발시켜 주어야 한다. 이처럼 어린이집은 영유아들의 원만한 발달을 도울 수 있는 환경이 준비되어 있다. 또한, 또래와의 적절한 집단생활을 체험하는 곳이기도 하다. 그러면서 가정생활과 학교생활을 자연스럽게 연계시켜줄 수 있는 역할을 하는 곳이 어린이집이다.

어린이집은 영유아기에 꼭 필요한 경험을 제공하면서 적절한 지도가 이루어지는 곳이다. 필요하시다면 아이들이 처음 만나는 사회인 어린이집을 믿고 적절한 시기에 보내는 것이 중요하다.

어린이집에서 또래와의 역할놀이 활동

제2장

어린이집
믿어도 될까요

1.
또 아동학대가
터졌다

영, 유아들의 발달을 이해해 주세요.

"손성혜 기자가 보도합니다. 은평구 응암동 한 구립어린이집
입니다."

2021년 5월 20일 최근 서울 은평구에서 어린이집 교사가 아
이들을 학대했다는 신고가 접수되고 경찰이 조사에 나섰다. 아
주 최근 어린이집에서 일어난 아동학대 사건을 헬로티비 뉴스
손 기자가 보도했던 내용이다. 아동학대가 발생한, 교사가 담당
하는 반 아이는 14명이라고 뉴스 발표를 하였다. 하지만 한 교

사가 담당하는 아이는 7명이다. 만 2세 우리나라 나이로 4세인 경우에는 교사 1명당 7명의 아이를 보육할 수 있도록 법으로 지정을 해 두었다. 그러니 2반이 함께 한 보육실을 사용하였나 보다. 뉴스의 내용은 교사가 아이에게 음식을 억지로 먹이고 있을 수도 없는 행동인, 아이를 발로 차 넘어뜨리는 등의 모습이 찍힌 영상으로 알려졌다. 같은 교실에 있는 다른 교사는 이렇게 학대를 하는 교사의 태도를 알면서도 방조한 것으로 전해졌다. 경찰 조사가 시작된 후 교사 두 분은 권고사직 처리가 되었다. 또한, 논란이 생긴 구립어린이집 또한 서울특별시 어린이집 관리를 담당하는 은평구는 해당 어린이집을 상대로 지도점검을 하면서 현장 조사에 나섰다. 아동학대 사건은 서울경찰청 아동학대 전담 수사팀에 넘겨졌다.

학대 의혹은 교사에게 맞았다는 아이의 말을 듣고 부모님께서 어린이집에 CCTV 영상을 확인하면서 드러났다. 그런데 한 아이만이 아니라 다른 아이들의 부모들도 학대 주장을 하고 있었다. 당시 사건을 담당 경찰의 말이다.

"어린이집에 가서 CCTV를 확인하신 부모님은 한 분인데 그걸 확인하는 과정에서 다른 부모님들도 CCTV를 확인하시는 걸 보고 자기 자녀도 학대한 것 아니냐고 주장을 하니 수사가 진행되어야 하는 상황이 되었던 것입니다."라고 경찰은 수사를 진행하게 된 이유를 설명했다. 수사 결과는 경찰에서 이렇게 밝혔다.

'원아 학대 의혹 은평 구립어린이집 혐의없음'

만2세, 우리나라 나이로 4세인 원아를 학대했다는 의혹에 휘말렸던 은평구의 구립어린이집이 경찰 수사 결과 혐의가 없는 것으로 조사가 되었다. 학대를 주장하는 아이 부모가 두 돌이 지난 아이의 말을 듣고 상담차 병원을 찾았고, 병원 관계자는 아이의 이야기를 듣고 학대가 의심된다며 경찰에 신고했다고 한다. 아이 부모도 "아이가 학대를 의심할 만한 표현했다"라고 하면서 경찰에 고소장을 제출하였다. 이 부모는 어린이집 내부 CCTV를 확인한 결과 이의를 제기하지 않은 것으로 알려졌다. 아동학대가 아니니 얼마나 다행인가? 그런데 아동학대 교사로 취급을 받고 마음에 큰 상처를 입고 권고사직을 당한 교사는 어떤 마음인가? 예로부터 전해 내려오는 이야기가 생각이 난다. 애 봐준 공은 없다는 이야기가.

나도 이 교사와 같은 경험이 있기에 의심을 받은 교사를 생각하니 마음이 찡하고 그때의 상황이 주마등처럼 스쳐 간다. 2년이 지났는데 CCTV 사건, 음식 사건, 이야기만 나오면 떠오른다. 그 아이도 음식에 대한 거부가 심했다. 그런 아이에게 먹고 싶다는 것만 먹으면 될 것을, 무슨 사명감으로 아동학대 누명을 (?) 썼나? 하는 마음이 들었다. 하지만 나는 어릴 적 다양한 음식을 경험해 보는 것은 꼭, 필요하다고 주장한다.

영아 시기의 아이들은 오감 자극이 필요하다. 오감은 감각기관으로 시각, 청각, 미각, 후각, 촉각의 감각을 말한다. 시각의 감각기관은 눈으로 빛과 색채를 탐색하면서 망막의 역할로 시각 발달이 이루어진다. 청각의 감각기관은 귀로 내이의 달팽이관 속에 들어 있는 수용기로 공기 중의 파장을 느끼면서 시각이 발달한다. 촉각의 감각기관은 피부로 느끼는 감각기관이다. 물체의 직접적 접촉으로 온도와 연관이 있고 그 접촉이 강할 경우에는 통증까지 느끼면서 아이들의 촉각이 발달한다. 후각은 코, 수용기는 비 점막 속에 들어 있어 다양한 냄새를 경험하면서 발달한다. 미각은 입안의 혀의 수용기로 혓바닥에는 많은 미뢰가 있다. 이 미뢰는 음식으로부터 자극을 받으면 미신경을 통해 대뇌의 미각 중추로 전해진다. 미각 중추는 음식을 먹는데 필요한 침을 분비하게 하고 음식을 혀로 섞어서 씹고 넘기게 한다. 그러면서 다음 동작을 지시하고 맛으로 인한 쾌감의 감정을 유발한다. 미각은 엄마 뱃속 때부터 발달한다. 엄마가 자주 느껴본 맛은 그대로 아기에게 전달된다. 임신 중에 엄마가 단 음식을 특별히 많이 먹었다면 태어난 아기도 특별히, 단 음식을 좋아하게 된다. 이처럼 신생아들은 태어날 때부터 나쁜 맛과 좋은 맛, 단 맛을 느끼게 되는데 어떤 당분인지 농도는 어떤 것이 더 진한지도 구별할 수 있다. 모유의 당분보다는 포도당을, 포도당보다 꿀이나 과일 속 당분인 과당, 과당보다는 설탕을 더 좋아하고 구분할 수 있다. 아기들에게 혀로 느끼는 맛의 경험은 정서적으로 안정감을 주기도 하고 특히 모유 맛은 즐거움을 느끼게 하고 정서적으로 안정감을 느끼게 한다. 미각의 발달은 특히 두뇌 발달에도 큰 영향을 준다. 그래서 영아기에 오감으로 인간은 인지의 발달이 일어난다. 그러면서 생후 48개월까지 인간의 뇌가 가장 활발하고 고르게 발달하는 시기가 된다. 그러니 영유아시기의 식생활 습관이 중요하다고 강조한다.

만 2세경부터 만 6~7세까지를 전조작기라고 하여 직접적인 지각을 통해서만 주위를 이해한다. 이 시기의 영. 유아들은 아주 단순한 수준에서만 정신적인 조작을 할 수 있으며 논리적 추론보다는 비논리적 추론을 한다. 특히 이 시기에는 사고의 한계에 있다. 그래서 사물이나 상황을 단지 한 가지 차원이나 세부 사항에만 초점을 두고 다른 중요한 특성들을 무시하는 중심화나 직관적 사고, 자아 중심성의 특징이 있다. 자아 중심성이란 이기적이라는 뜻이 아니라 타인의 생각, 관점, 지각 등이 자신과 같다고 생각하여 다른 사람 입장은 생각하지 못하는 것이다. 그리고 영아들은 직관적 사고를 한다. 직관적 사고란 대상의 현저한 지각적 특성에 의존하는 것이다. 예를 들어 똑같은 양의 주스를 다른 크기의 컵에 부으면 컵의 모양에 따라 주스의 양도 달라진다고 생각한다. 다시 처음의 컵에 부으면 똑같은 양이라고 설명을 해도 직접 처음의 컵에 다시 부을 때까지 양이 같다는 것을 이해하지 못한다. 이런 발달과정에 있는 아이들이 하는 말만 듣고 전, 후 사정을 살펴보지도 않고 무조건 어린이집에서 아동학대가 일어났다고 소동이 일어나니 말이다.

2.
CCTV를
확인하고 싶어요

영유아보육법 제15조 및 제15조의 4항에 개인정보 보호법에 어린이집 영상정보처리기기(CCTV)는 아동학대 방지 등 영유아의 안전과 어린이집의 보안을 위해 의무적으로 설치 운영하게 되어 있다. 즉 어린이집 내 영. 유아와 보육 교직원의 권리 및 인권 보호, 안전사고 예방, 시설물의 안전한 관리, 범죄 예방 등을 위해 설치 운영하라고 명시되어 있다.

매스컴에서 어린이집 아동학대 뉴스가 나오면, 없던 학대도 있었나? 걱정하며 아이들에게 어린이집에서의 학대 사실이 있지 않았는지를 물어보는 학부모님이 간혹 계신다. 부모님의 마음 이해를 한다. 하지만 부모님들은 앞서 은평구 사건도 보셨듯이 아이의 이야기만 듣고 무조건 아동학대를 의심하여 CCTV 열람 신청을 하면 교사와 어린이집에 대한 신뢰가 깨져 다니는 것이 서로 불편할 수 있다. 앞장에서도 4살 아이 이야기만 듣고 부모님께서 CCTV를 열람하셨던 원생도 이사를 갖는지 모르겠지만 어린이집을 퇴소하셨다. 그러니 부모님께서는 '혹시'나 하는 의문만 가지고 CCTV 열람 신청하시지 말고 아이의 모습을 보시고, 어린이집 교직원들을 몇 달이라도 겪어 보시고 신뢰가 쌓였다면, 충분히 정확한 상황을 파악하는 것이 중요하다.

3살 민수 어머님이 아동학대에 관하여 이야기를 해주셨다.
"아동학대는 어떤 형태건 있어서는 안 됩니다. 하루에도 몇 건씩 아동학대가 일어납니다. 어린이집, 가정에서 부모, 양부모, 산후 도우미, 돌봄 선생님 등 다양한 상황에서 아동학대가 일어납니다. 교사로서 아동학대라는 문제를 보면 정말 해서 안 되는 행동이라는 것 알고 있습니다. 하지만 현실이 보육교사로서 쌍둥이 5명을 혼자 보육한다는 것은 교사로서, 일의 강도가 크다는 것을 하소연하고 싶습니다. 그렇지만 견디지 못할 만큼 힘든 일이라면 보육교사를 하지 말아야 하는 게 맞다고 생각합니다. 보육교사로서 아동학대를 할 정도의 마음이 있다면 보육교사라는 직업이 맞지 않는 분이라는 생각이 듭니다. 괜히 힘없는 아이를 상대로 그런 짓을 해서는 안 된다고 생각합니다. 보육교사로 일하다 아이를 낳고 경력 단절 여성이 되었다가 올해 3월부터 다시 직장을 잡은 곳이 어린이집 교사입니다. 그러면서 나는 3살 난 아들 학부모이기도 합니다. 그러다 보니 어린이집 상황에 대해 누구보다도 잘 알고 있고, 좋은 선생님들이 많다는 것도 잘 알고 있습니다. 막상 내 아이를 어린이집에 보내고 있으니 아동학대에 대한 걱정이 많았던 것도 사실입니다. 하지만 아이가 하원을 하고 나를 만났을 때 표정이 밝고 어린이집에 등원하는 거에 큰 거부감을 보이지 않는다면 안심하고 보내도 된다고 생각합니다. 엄마보다 교사가 먼저 되어 그런지, 나는 교사 입장을 먼저 생각하게 되는 것 같기도 합니다. 어떻든 이 사회에서 아동학대는 근절되어야 한다고 생각합니다. 덧붙여 말씀드리고 싶은 것은 매스컴에서 발표하는 아동학대를 일으키는 교사는 일부에 지나지 않는다는 것입니다."

라면서 민수 어머님이 부모와 교사 입장을 경험하셨기에 아동학대에 관해서 두 위치의 입장에서 취해야 할 상황을 대변해

주셨다.

어린이집 CCTV 열람은 부모님이 보고 싶다고 무조건 아무 때나 열람을 할 수 없다. 앞서 말씀드렸듯이 영유아보육법 제15조의 4 및 제15조의 5에 의해 CCTV 영상물 열람이 가능하다고 명시되어 있기에 신청 절차와 양식에 따라 열람이 가능한 경우는 다음과 같다.

첫째: 자신의 자녀나 보호하고 있는 아동이 학대 또는 안전사고로 신체. 정신적 피해가 의심되는 경우 열람을 요청할 수 있다.

둘째: 열람은 다른 아동과 보육 교직원의 사생활을 침해하지 않고, 보육에 지장을 주지 않는 범위 내에서 정해진 절차에 따라 이루어진다.

셋째: CCTV 열람 요청은 보육에 지장이 있을 정도로 과다한 경우 열람이 제한될 수 있다.

넷째: CCTV 열람은 열람 요청으로부터 최장 17일 이내 열람이 가능하다. 열람신청서를 제출하면 어린이집에서는 열람 요청 10일 이내 열람 여부 결정 통지서를 보낸다. 열람 형태와 열람 일시. 장소 등을 확인하여 열람을 진행하는데 회신일로부터 7일 이내 열람이 가능하다. 열람할 때는

정당한 열람권을 확인하기 위해 신분증, 가족관계증명서를 지참해야 한다. 열람자는 비밀 유지 의무가 있으므로 이와 관련된 서면 양식 서류를 작성하게 된다. 중요한 것은 열람 중 휴대전화 등을 이용한 무단 촬영은 개인정보보호법에 제한된다.

열람 절차는 CCTV 영상물 열람신청서를 작성하여 원에 제출한다. 열람 요청은 구두가 아닌 서면을 통해 신청하는 것이 원칙이다. 하지만 의사 소견서가 있거나 관계 공무원 등이 동행하는 경우 신청 절차와 관계없이, 열람신청서도 작성하지 않아도 즉시 열람이 가능하다. 신청서 양식은 원장선생님께 요청하거나 인터넷으로 거주 지역의 육아 종합 지원센터에 접속하여 CCTV 영상물 열람신청서를 출력하여 사용해도 된다. CCTV에 함께 활동하는 아이들의 개인정보 보호를 위해 운영위원회를 통해 CCTV 열람이 가능한지 허락을 받아야 한다. 다른 아이의 학부모님이 요청하면 영상물에 모자이크 처리를 해야 하는 시간이 필요하다. 또한, 열람 요청이 거부될 수도 있다. 아동의 안전 확인 및 열람 사유에 해당하지 않은 경우나 영상자료 보관 기간이 60일이기에 이 기간이 지나 자동 파기된 경우이다. 그리고 어린이집 운영위원장이 피해 정도 및 사생활 침해 등의 제반

사항을 고려하여 열람하지 않는 것이 영유아의 이익에 부합하다 판단하는 경우는 열람 요청이 제한될 수 있다. 이 경우를 제외하고 별다른 이유 없이 CCTV 열람을 거부한다면 경찰에 아동학대를 신고하면 경찰 입회하에 CCTV 영상물을 확보할 수 있다.

3.
선생님은
우리 아이를 사랑할까?

"역시 보육교사 직업은 나한테는 천직이야!"

열매반 선생님이 자신만만하게 뱉으신 말이다. 열매반 선생님은 2년 전 초임으로 4월 갑자기 퇴사하신 선생님이 계셔서 새학기가 시작되고 1달이 지났을 무렵 어린이집 초임 교사로 하게되었다.

교직원들의 역량 강화 및 교직원에 대한 근무 평가나 상호작용 관찰과 지원을 위해 정기적으로 6개월에 1회, 연 2회, 교직원 면담을 한다. 원마다 차이는 있을 것이다. 선생님과 면담하는 시간이었다.

"열매 반 선생님은 어린이집에서 처음 교사를 시작했는데 벌써 2년이 지났네요?"

"그러게요"

"어린이집은 유난히 시간이 빨리 지나는 것 같아요"

"저도 언제 이렇게 2년이 되었는지 모르겠어요"

"시간 가는 줄 모르게 열심히 해 주셔서, 선생님께 감사드려요"

"선생님! 2년 동안 어린이집 교사로서 혹시 보람을 느끼셨던 에피소드가 있었을까요?"

"네, 건웅이가 가장 기억에 남아요."

"건웅이는, 저와 2년을 같이하다 보니 더 정들었나 봐요." 하면서 자신의 이야기를 쏟아 놓는다.

처음 반 배정을 받은 만 1세 반 정교사가 되었다는 설렘을 가득 안고 2020년 3월 잎새반 건웅이를 만났습니다. 건웅이는 반 아이 5명 중 체구가 작고 귀여운 아이였습니다. 건웅이는 신학기인데 다른 또래에 비해 낯가림이 적어 안아주거나 울음을 보이면 달랠 때 큰 어려움이 없었습니다. 그러다 보니 저와의 상호작용이 잘 이루어져 더 사랑스러웠습니다. 3세 담임이 처음인 나는 모든 것이 조심스럽고 마냥 귀여운 아이의 모습에 1년을 함께 지낼 생각에 잔뜩 계획을 세우고 기대로 가득 차 있었습니다. 신입 원아 적응 기간 엄마와 한 시간, 다음날은 두 시간 보내고 교사와 애착을 형성하면서 엄마와 완전히 분리할 때까지 너무나도 순조로웠습니다. '3세, 할만한데! 역시 보육교사 직업은 나한테는 천직이야!' 하는 자만심을 느낄 무렵, 점심시간이 되었는데, 아뿔싸! 점심시간을 시작으로 기절초풍하는 일이 벌어지고 말았습니다. 제가 생각하는 점심시간은 차분히 앉아 나눠주는 식판에 잘 먹겠지! 생각하였는데, 만 1세 5명, 쌍둥이 5명의 점심시간 웃음이 절로 나왔습니다. 엄마 새가 아기에게 먹이를 물어다 줄 때처럼 아이들이 나를 보고 입을 쩍쩍 벌리고 오물오물 야무지게 먹을 것이라고 상상했습니다. 하지만 제 생각과는 다른 점심시간이었습니다. 특히 건웅이는 난리가 났습니다.

"아시잖아요? 원장님도."

배식받은 식판을 오른 손바닥으로 밥을 쿡 집어 들고 왼손가락으로 오른 손바닥에 묻은 밥풀을 하나씩 떼어먹는데, 순간, 오~~마 이 갓! 국국물도 반찬도 건웅이에게는 탐색의 시간으로 재미있는 놀이의 시간이 되었던 거예요. 순간, 점심때마다 이 상황이 벌어질 텐데 어떡하지? 하는 걱정은 내 마음 저 밑바닥에 숨겨 두고 나는 교사다! 라는 다짐을 마음속으로 하면서 교사로서 긍정적 모습을 보이고 특히 아이들과는 애착 형성이 이루어져야 하는 적응 기간이었습니다. 그래서 초보 교사인 난 마음에 올라오는 답답한 마음을 꾹꾹 누르며,

"건웅아! 손으로 밥을 먹으니 불편하지?"

"자~ 여기 숟가락이 있어, 이걸 사용해 볼까?"

라고 이야기하면서 건웅이가 도구 사용을 하도록 지도했습니다. 식사 시간은 이렇게 시작되었고, 식사가 어느 정도 익숙해졌을 때 낮잠도 시도해 보았습니다. 점심을 끝내고 양치하고, 조명 낮추고 조용한 음악을 잔잔히 틀고 재워 보려고 이불에 뉘었습니다. 머리도 쓰다듬어 주고, 토닥여도 보고, 안아줘도 보고, 도무지 건웅이는 잠들 생각을 하지 않았습니다. 다음날, 다음날도 계속 낮잠을 다시 시도하였습니다. 로션 냄새를 풀풀 풍기며 건웅이가 새근새근 콧소리를 내며 오늘은 낮잠을 자겠지! 그건 저에 간절한 소망이었습니다. 또 실패하였습니다. 건웅이는 호기심 가득한 얼굴로 교실 구석구석을 탐색하며 흥미가 떨어질 무렵 울음을 터뜨립니다. 저는 순간 머릿속이 하얀 도화지가 되었습니다. 먼저 잠이 든 4명 아이가 깰까 난감하였습니다. 이렇게 저렇게 다양한 방법을 동원하여 낮잠을 재워 보려 했는데 실패를 하였습니다. 역시 저는 초보 교사가 분명했습니다.

건웅이 행동을 유심히 관찰하던 옆 짝꿍 교사가 갑자기 "야~~옹, 야~~옹" 고양이 소리를 낮게 내셨습니다. 건웅이에게는 고양이 울음소리가 자장가였는지 짝꿍 교사의 도움으로 건웅이는 '야옹' 소리를 듣고 잠이 들었습니다. 건웅이는 어린이집에서 자유 놀이시간에 동물에 흥미와 관심이 많았고, 다른 친구들에 비해 소리에 민감하고 반응이 빠른 건웅이었습니다. '이제! 알았다'. 건웅이 자장가 소리는 '야옹'이다. 만 1세 처음 담임을 했던 건웅이가 만 2세가 되어서도 아직 많은 손길이 필요하기에 원장님도 아시다시피 자청해서 담임하겠다고 했던 것입니다. 건웅이는 또래보다 생일이 늦다 보니 낯가림이 심했고 언어가 조금 늦었고, 그런 건웅이 발달에 도움을 주기 위해 한 해 더 같이하면 건웅이 성장에 도움이 되지 않을까 하는 마음이었는데, 흔쾌히 원장선생님도 그렇게 해주면 너무 좋겠다고 하시면서 반 배정을 해주셔, 건웅이와의 만남이 초임인 저에게 가장 기억에 남은 일들입니다.

얼마 전 친구들의 놀이를 관찰하는 중 건웅이가 동물모형, 소 모형 놀잇감을 가져와 매트에 누워 소와 눈싸움을 하고 있는데 코를 찡그리고, 눈을 부릅뜨며 숨 쉬는 소리조차 들리지 않게 아주 비장한 표정으로 건웅이는 한참 동안 움직임 없이 소와 눈싸움 한다. 도대체 건웅이는 소와 눈싸움을 하면서 무슨 생각을 하는 걸까? 저도 건웅이 마음이 되어 소를 쳐다보았습니다. 건웅이는 배변 활동을 6월에 완성하였습니다. 어느 날 건웅이는 쉬~ 하면서 제게 화장실을 가자고 한 손으로는 내 손을 잡고 다른 한 손으로는 바지를 부여잡으며 어정쩡한 걸음으로 화장실을 향하였습니다. 저는 건웅이에게 스스로 할 수 있도록 지도하기 위해 건웅이에게 "건웅아~" "바지를 내려 볼까"라고 말하는 동시에 건웅이는 바지를 휙 벗어 던지고 팬티도 휙 벗어 던지는 거예요. 그러고 나서 남자 소변기에 턱 서더니 두 팔을 벌려 뽀빠이 자세를 취하고 엉덩이를 앞으로 쭉 내밀고 쉬를 하더니, 건웅이가 "으아~~~" 말하며 "물, 물, 물"

물이 나왔다며 아주 흡족한 표정을 하는 건웅이 행동이 너무 귀엽기도 하고 그 모습을 보는 난 종일 지쳐 있는 제게 웃음을 선사해 주었습니다. 아이들과의 일들, 이런 일상에서 제가 담당하고 있는 5명의 아이 모두가 사랑스럽습니다. 누구를 사랑하지 않을 수 있을까요? 이 천사들을?

저에게 "역시 보육교사 직업은 나한테는 천직이야!"하고 대답을 한다. 열매반 선생님과 오랜만에 진솔한 대화를 하였다. 부모님들은 걱정하신다. 우리 담임은 내 아이를 사랑하실까? 미워하지는 않을까? 이런 걱정은 걱정으로만 남겨 두시길 당부드린다.

보육교사는 사명이 없으면 하기 어렵다. 보육 현장에 있다 보면 아이들의 재롱에 하루가 슬펐다. 기뻤다. 요동을 치지만 그 순수한 눈빛, 행동 하나, 하나를 보면 사랑하지 않을 수 없다는 것을, 어린이집 모두가 사랑이라고 단언한다.

스승의날 선생님께 꽃다발로 사랑을 전하는 지호

4.
세상은
너무 험악해

"약하게 몇 대 때렸을 뿐이에요."라는 엄마의 말과는 달리, 전문가들은 이렇게 말한다.

"그 정도 폭행으로는 장기 절단 및 후두부, 쇄골 등이 골절되는 것은 불가능합니다."

의료진은 아이의 골절 상태에 대해 이렇게 말했다.

"정상적인 양육을 받은 아이에게서는 절대로 나타날 수 없는 골절 소견입니다"라고 진단했다. 이 아동학대 사건이 누구의 사건인지 모두 알 것이다. 2020년 10월 13일 서울특별시 양천구에서 발생한 아동학대 살인 사건인 '정인이 사건'이다. 솔직히 내 입으로 다시 이야기하는 것조차 힘든 사건이다. 정인이는 8개월 때 입양이 되어 16개월이 되었을 때 세상 경험도 제대로 하지 못하고 죽음에 이르렀다.

오사카부 오사카시 니시구의 한 맨션에서 친모가 2명의 자녀 육아를 포기하고 굶어 죽게 만든 사건이 이웃 일본에서 발생했다. 일본 현지 언론에 따르면 사쿠라코와 가에다는 남매로 아파트 안에서 굶어 죽어 시신이 일부 부패한 상태로 발견됐다. 엄마는 23세로 유흥업소 종업원으로 일하면서 아이들을 집안에 가둬 둔 채 친구 집에서 지냈다. 아이들에게 음식은 물론, 냉장고에 마실 물조차 남기지 않고 아동을 방임하여 죽음으로 내몰았다.

아동학대의 정의는 시대와 사회문화 환경에 따라 천차만별로 정의를 내릴 수 있다. 하지만 일반 의료, 법률, 사회복지 관점에서 살펴봐야 한다. 우리가 알고 있는 일반적 정의의 아동학대는 이렇다. 신체적, 정신적, 성폭력 또는 가혹한 행위 또는 보호자의 유기 방치 등으로 아동의 건강과 복지를 해치거나 보호자를 포함한 성인의 정상적인 발달을 저해할 수 있는 행위를 말한다. 1991년 규정된 유니세프 한국위원회에서는 '육체적 구타(폭력), 부적절한 취급(교양), 유기, 신체적, 성적 착취나 학대, 성적 측면의 어느 부분이나 그 이상의 부분에서 아동의 건강이나 안녕을 위협하는 행위'로 정한다고 아동학대의 일반적 정의를 내렸다. 그리고 앞서 정인이의 아동학대 상태를 자세하게 설명해 준 의료진들에 의해서 설명하는 아동학대의 의료적 정의는 이렇다. 의학적 의미에서 아동학대란 아동의 부모를 포함한 보호자나 성인이 신체나 도구를 이용해 아동에게 신체적, 정서적 성폭력을 가하거나 방치해 아동에게 심각한 해를 끼치거나 아동의 정상적인 성장을 저해하는 것을 말한다.

2020년 발생한 정인이 사건은 최근 들어 국민의 마음에 가장 큰 상처를 주었던 사건이다. 정인이 양부모는 이렇게 정인이를 학대하려면 왜 정인이를 입양했는지 지금도 나는 의아하다. 어쩜 이 험악한 세상에 아이를 이용하여 주위에 자기 자신을 과시하고자 하는 마음이 크지 않았나 생각한다. 이처럼 세상이 너무 험악하니, 귀한 자녀를 어린이집에 보내려니 부모님의 마음이 불안한 걸 이해한다. 특히 언론에서 어린이집 폭행, 부실한 급. 간식 뉴스가 나가면 그다음 날이면 내가 한 일은 아닌데 어린이집을 바라보는 곱지 않은 시선이 느껴지곤 했다. 이렇게 의심의 눈초리로 어린이집을 바라보는 부모님들은 극소수일 것이다. 또한 언론에서처럼 아동학대가 발생 되는 어린이집 또한 극소수의 어린이집이며, 학대하는 교사 또한 극소수 교사들, 원장들에게서 일어난다. 그런데 떳떳하고 올바르게 운영하는 원장님들은 죄인인 듯 눈총을 받는 것이 속상했다. 이처럼 어머님들은 왜 어린이집을 믿지 못하실까? 곰곰이 생각해 보니 어린이집에서 발생하는 다양한 운영에 대한 이해가 부족하여 오해가 오해를 쌓는 상황이 계속되어서 나타나는 현상이라고 생각한다.

새싹반 주영 어머님께서 이렇게 말씀을 해 주셨다.

"어린이집을 보내려고 결정했으면 저는 믿고 보내야 한다고 생각해요. 어떤 일이든 의심하기 시작하면 끝없이 의심하고 부모의 입장으로만 생각하게 되면 어린이집을 보낼 수 없겠죠?"라고 어머님은 어린이집 보내는 부모의 마음을 솔직하게 전하신다. 그리고 무조건 어린이집을 믿어요! 알아서 잘해주시겠죠? 라면서 의심 없이 아이를 보내는 부모는 없다고 봅니다. 그러면서 어머님도 주영이를 어린이집에 보내면서 처음 3월 입학을 하고 5개월이 지나는 동안 어린이집을 보내면서 걱정을 많이 했다고 하신다. 그런데 어린이집에서 그날 활동한 내용을 알림장을 통하여 보내준 활동사진에 아이의 밝은 미소를 볼 때 안심하신다고 하셨다. 또 주영이가 등원 시 뒤도 안 돌아보고 들어가서 담임선생님께 안기는 모습을 볼 때 안도한다고 이야기를 해주신다. 어머니는 얼마 전 주영이 동생을 출산하셨다. 출산하시기 전에 배도 부르신데도 불구하고 요즘 도시에서는 잘 하지 않는 나눔을 어머님께서는 하셨다. 주영이가 잘 적응하여 어린이집에 등, 하원 한다고 감사함의 표시로 비 내리는 어느 날은 부침개를 먹어야 한다고 채소를 듬뿍 넣은 부침을 붙여 오시고, 또 어떤 날은 달콤한 옥수수를 삶아 교사들 간식으로 가져다주시기도 하셨다. 몸도 무거우신데 이렇게 안 주셔도 된다고 해도 음식을 하다 보면 생각난다고 하신다. 어머님이 배도 불러 힘든 상황인지 알면서도 넙죽 맛있게 먹고 감사의 말씀을 전하니 어머님께서 다시 이렇게 말씀을 하신다.

"어린이집에서는 엄마가 해줄 수 없는 부분까지 선생님들의 노력으로 아이의 발달에 많은 도움을 주셔서 감사할 따름이라고"

세상이 험악하지만은 않다는 것을, 주영 어머님이 느끼는 마음을 다른 학부모님들도 느낄 수 있는 어린이집을 운영할 것이다.

아이를 보면 **부모가 보인다**

"세상은 험악해"가 아니라 "세상은 살맛 나고 행복해"라고 자신 있게 소리쳐 본다.

어린이집 바깥놀이시 주변을 탐색하는 꼬맹이들

5.
믿고 바라보는
어린이집

어린이집을 믿을 수 있을지 걱정되시죠?

원장선생님께!

윤정이는 원장선생님께서도 아시겠지만 적응하는데 또래 친구보다 어렵게 적응하였습니다. 엄마랑 떨어지는 것에 대한 거부감이 커서 저는 고민이 많았습니다.

'너무 일찍 보냈나?' 하는 걱정과 후회가 들었습니다. 그런데 2달이 지나 5월이 되었을 무렵 윤정이가 어느 순간 마음을 열고 어린이집 적응을 하였습니다. 물론 이 과정이 오기까지 선생

아이를 보면 **부모가 보인다**

님들께서 노력해 주신 것이 가장 크다고 할 수 있습니다. 거기에 저는 둘째 출산이 한 달 남짓한 몸이었지만 윤정이가 낯선 환경에 적응하는 동안 저도 마음으로 울었습니다. '그래! 언젠가는 우리 윤정이도 적응할 거야! 할 수 있어!'라고 생각하고 믿고 기다렸습니다. 주변에 친한 엄마들이 윤정이 적응 기간에 제게 이렇게 이야기를 해주었어요.

"어린이집은 36개월에 보내는 것이 가장 이상적이야."

"어린이집에 다녀온 이야기도 하고, 의사소통될 때 보내는 게 맞아!"하면서 내게 조언해주었습니다. 하지만 그 말에 저는 동의하지 않습니다. 왜냐면 저는 윤정이를 21개월에 첫 사회 경험을 시작하도록 했지만 정말 만족스럽습니다. 엄마의 분리불안이 유독 힘든 아이지만 제가 믿고, 윤정이도 엄마가 기다려 준다는 걸 믿었나 봅니다. 교사 1분에 5명 아이를 돌보신다는 것은 힘드신 상황이지만 어린이집 등원을 하면서 어린이집에서 하는 여러 놀이를 통하여 엄마와 떨어졌다가 다시 만날 수 있다는 것도 배우고 윤정이 마음대로 되지 않지만 기다리는 힘도 기르고, 나 이외 우리 가족 이외의 사람들과 사회생활을 배우는 첫걸음이 어린이집 생활인 것 같아요. 특히 뭐든지 윤정이는 "엄마가, 엄마가" 하면서 내게 해달라고 했던 모습이 또래 친구들과 어린이집 생활을 하면서 친구에게 배우고, 선생님과의 놀이 중에 배워오니 성취감도 얻고 윤정이가 스스로 도전하려는 모습으로 바뀌어 가는 것이 신기했습니다. 요즘에는 윤정이가 표현하는 언어도 하나, 둘 느는 모습이 보입니다. 아이들과 지내면서 자연스럽게 배우고 있고, 믿고 기다려 주면서 윤정이에게 필요한 자극을 계속 제공해 주니 윤정이가 더 크게 성장함을 느낍니다. 다만 가만히 기다리는 것이 아니고 아이에게 필요한 자극들을 빠르게 제공해야 함을 알았습니다. 그러기 위해서는 부모도 공부해야 한다는 것을 깨닫고 있습니다. 육아에 대한 고민도 더 생기게 되었습니다. 저는 21개월에 어린이집을 보냈지만, 윤정이가 성장하는 것을 보고 어린이집에서 제공해 주시는 다양한 활동에 감사하고 만족감을 얻고 있습니다.

원장님께서 이런, 저런 일들로 큰 고민이실 것 같아요. 다양한 놀이를 준비하시는 것은 좋지만 그로 인해 선생님들이 힘들면 안 될 것 같은 노파심에 말씀드립니다. 선생님들이 행복해야 아이들이 행복할 것 같아서입니다. 원장님께서 좋은 어린이집을 운영하시려는 것이 제 눈에 보여 항상 감사드립니다. 특히 미디어 노출에 관해서 저는 굉장히 안 좋게 생각해 집에 TV가 없는데 윤정이 어린이집에서도 미디어보다 오감을 활용한 놀이를 하시는 것이 저는 마음에 듭니다. 그리고 오감 활동이 어린이집과 가정과 연계를 하니 더욱 좋습니다.

　감사합니다.

　라고 윤정이 어머님께서 편지를 써 주셨다.

　아이들은 성장하면서 부모와 노는 것보다 친구들과 노는 것을 더 좋아한다. 사실은 영아 시기에 아이들은 친구에게 크게 관심을 보이지 않는다. 아이들은 노는 것을 보면, 너는 너대로, 나는 나대로 각자 자기가 좋아하는 놀이를 한다. 그래서 성장하고 유아 시기에 어린이집을 보내신다고 하시겠지만, 아이들은 놀이 중에 모방하면서 배우게 된다. 그러다 유아 시기가 되는 다섯 살이 될 무렵에 친구와 함께 나누기도 하고 놀잇감을 서로 나누기도 하고 함께 노는 방법을 익힌다. 그러니 아이들의 또래 놀이를 위하여 어린이집을 믿고 보내라고 말씀드린다.

　요즘 들어 출산율 저하로 인하여 어린이집에 입소할 수 있는 아이들이 감소하고 있다. 거기에 코로나-19로 인하여 휴원 조치에 어린이집 운영은 점점 힘들어지고 있다. 또 큰 요인으로 자녀를 많이 출산하지 않는 저출산의 문제가 크다고 볼 수 있다. 그리고 외동 가정이 많다. 그러다 보니 자신의 아이만 챙겨 달라는 부모님, 자신의 요구만 들어달라고 하는 부모님들, 조금만 의심이 가면 CCTV를 확인하겠다는 부모님, 정말 다양한 부모님들이 계신다.

어린이집 교직원은 아이들이 등원하면서부터 긴장 속에 지낸다. 아이들이 모두 하원을 하고 집에 돌아가서야 긴장이 풀려 교사들은 집 소파에 앉아 쉬게 되면 맥이 풀려 진작 본인의 가족을 위해서 저녁 식사 준비할 힘이 없다고 하신다. 특히 우리 어린이집은 영아들만 있는데 영아반은 교사들이 화장실도 제대로 못 간다. 어떤 아이들은 선생님이 어린이집에서는 제2의 엄마라고 생각을 하고 있다. 그래서 교사가 급하게 화장실을 가려면 울음을 터뜨리는 아이도 있고 어떤 아이는 아예 화장실까지 졸졸 따라가서 화장실 문 앞에서 기다리기도 하고, 어떤 아이는 같이 화장실에 데리고 들어가시기도 한다. 선생님들은 화장실에서 볼일도 제대로 편하게 못 하는 경우가 수두룩하다. 그런데 이렇게 믿고 기다려 주시고 어린이집을 이해해 주시는 윤정이 어머님이 계시니 어린이집을 운영할 맛이 나는 살맛 나는 하루였다.

아이를 보면 **부모가 보인다**

6.
선생님은 나의 가장 좋은
협력자, 동반자

어린이집을 선택할 때 집에서 가장 가깝고 거기에다 질이 높은 교육과정을 진행하고, 훌륭한 교사가 배치된 좋은 환경의 어린이집 선택이 부모에게는 중요할 거다. 이 기본 항목은 부모님들이 내 아이를 어린이집에 보낼 때 생각하는 기준이 된다. 하지만 어린이집을 선택할 때 무조건 소문만 듣고 이 기본을 찾아 선택하기보다 어린이집 원장과 교사, 아이들 그리고 어린이집 전체 분위기가 밝고 따뜻한 분위기인지 확인하는 것이 더 중요하다.

왜냐하면, 내 아이는 계속 발달하기에 어린이집은 내 아이의 발달에 큰 영향을 줄 수 있는 어린이집이기 때문이다. 아이들이 엄마 품 떠나 처음 어린이집을 선택하는 시기는 영아다. 영아라는 단어는 라틴어에서 유래가 되었다. 내용은 '아직 말하지 못함'이라는 뜻을 지녔다. 그러니 말하지 못하는 영아들이 발달하기 위해서는 물리적 환경도 중요하다. 하지만 아이들이 집에서 마음 편하게 놀던 모습이 이어져, 재잘재잘, 조잘조잘, 쉴 새 없이 또래와 교사와 놀이를 즐기는 어린이집인지를 살펴보기를 권장한다. 밝은 선생님이 아이들에게 긍정적인 영향을 미친다. 어린이집에 내 아이가 오랜 시간 머물러 있는 곳에 함께 하는 선생님과 좋은 협력자, 좋은 동반자가 돼야 한다고 강조한다.

어린이집에 근무하는 교사들은 아이들의 전인 발달을 위한 사명감으로 아이들과 즐거운 하루를 보낸다. 거기에 선생님들은 각자의 노력으로 유치원 정교사, 보육교사, 원장 등 다양한 전문적 자격증을 가지고 있는 전문가들이다. 이런 교사들이 어린이집에서 진행하는 여러 놀이 활동들을 가정에서도 함께 연계하여 아이들과 놀이를 놀아줄 때 교육의 효과가 크므로 부모님은 어린이집에서 이루어지는 놀이 활동을 참관 및 관찰하고 부모참여 활동도 적극적으로 참석하여 서로 협력하는 관계가 되

교사와 함께 술래잡기 놀이해요.

길 바란다. 그래서 요즘에는 각 지자체에서 열린 어린이집 운영을 권장한다.

　여기서 잠깐 열린 어린이집을 소개하면, 열린 어린이집이란? 시설의 개방과 부모참여 증진으로 부모가 자녀를 안심하고 맡길 수 있는 어린이집을 열린 어린이집이라고 한다. 열린 어린이집은 지자체별로 매년 신규 선정 또는 재선정한다. 지자체별로 차이가 있지만 보통 매년 10월 초 접수한다. 신규 선정은 1년까지 유효기간을 주고 다시 1년 연속 재선정이 되면 유효기간을 2년으로 인정해 준다. 우리 어린이집도 2019년, 2020년, 2021년, 3년째 열린 어린이집 유지를 하고 있다.

열린 어린이집 선정기준은

첫째: 개방성으로 공간 개방성, 부모 공용 공간, 정보공개, 온라인 소통 창구로 키즈노트 공지, 블로그, 카페 등의 창구로 상호교류가 있는지 확인한다.

둘째: 참여성이다. 참여성은 신입 원아 부모 오리엔테이션을 1회 이상 진행하였는지, 부모 개별 상담을 연 2회 이상 하였는지, 어린이집 운영위원회를 분기별로 진행하였는지. 부모교육, 부모 만족도 조사, 부모 어린이집 참관 등이 있었는지 확인한다.

셋째: 지속가능성이다. 부모참여 활동 수요조사를 통해 부모참여 활동을 정기적으로 안내하였는지 확인한다.

넷째: 다양성으로 부모참여 활동을 균형적으로 운영하였는지, 지역사회와의 연계 및 협력 활동을 진행하였는지도 확인을 한다.

다섯 번째: 지자체 자체 선정기준이 있다. 말 그대로 지자체 그

아이를 보면 **부모가 보인다**

지역에 맞는 기준을 정하여 선정한다.

이처럼 열린 어린이집은 보육실, 개방과 함께 보육 프로그램에 부모의 일상적 참여가 이루어지는 형태의 어린이집을 일컫는 말이다. 열린 어린이집은 부모님께서 어린이집 활동에 적극적으로 참여하므로 서로 신뢰 관계가 형성된다는 장점이 있다. 열린 어린이집에서 부모님들의 활동으로 아이들의 간식이나 점심 등 배식 도우미를 할 수 있으며, 일일 교사로 활동할 수 있다. 동화책을 읽어 줄 수 있고, 교실 수업 참관도 할 수 있다. 그리고 우리 어린이집 같은 경우는 원생들이 영아다 보니 외부 활동을 나갈 때 현장 학습 도우미로 많은 부모님의 도움을 받고 있다. 또한, 학부모님들의 직업을 소개하여 주시고 아이들이 부모님들의 직업을 체험할 기회를 제공, 함께 경험한다. 이처럼 다양한 방법으로 어린이집 운영에 부모님이 참여할 수 있다. 부모님께서 아이들의 활동에 함께 참여하면서 내 아이가 어린이집에서 지내는 생활을 엿볼 수 있다.

앞서 열린 어린이집의 선정기준 첫 번째, 개방성에서 부모님과의 소통이 원활하게 이루어지는지 확인하는 것에 알림장 역할을 하는 키즈노트가 있다. 예전에는 작은 수첩에 일일이 손으로 적어서 부모님과 수첩을 오고 가면서 소통을 했다. 아직 그렇게 운영하는 어린이집도 있기는 하다. 하지만 요즘 8090세대의 부모들은 스마트 시대에 살고 있다. 그러다 보니 핸드폰을 손에서 놓지 못한다. 당연히 그에 따른 스마트 시대이니 스마트폰으로 소통한다. 스마트폰을 이용하는 알림장 키즈노트는 사진, 공지 사항, 식단, 투약의뢰서, 출석 등 다양한 내용을 작성하여 부모와 빠르게 소통하는 창구다.

교사들은 아이들이 자는 낮잠 시간을 이용하여 작성한다. 쉬지도 않고 아이들이 곤히 잠들라고 암막 커튼을 친 어두운 교실, 커튼 사이로 살짝살짝 햇빛 비추는 틈을 이용하여 사진 한 장 한 장을 찾아 아이들의 오전 시간 놀이 활동 모습을 떠올리면서 부모님께 생동감 있게 전달하고자 노력한다. 아이들의 활동 모습이 잘 전달되었는지, 아이들에게 특별한 일은 없었는지를 한 아이 한 아이를 떠올리며 키즈노트를 어두운 교실에 앉아 적은 불빛만 이용하여 작성한다. 키즈노트를 적고 나면 벌써 낮잠 시간이 끝나 아이들이 한 명 두 명 잠자리에서 일어난다. 어떤 날은 적을 내용이 많을 때는 낮잠 시간, 아닌 퇴근 시간에도 아이들을 보내놓고 교실 한쪽에 앉아 키즈노트를 작성한다. 기다리는 부모님의 마음을 알기에 빨리 보내드리고 싶은 마음

아이를 보면 **부모가 보인다**

으로 애쓴다. 그런데 어느 날은 급한 일을 먼저 처리하기 위해 임시저장해 두고 바쁜 일이 끝나면 다시 작성해 마무리 후 보내야지 하고 있다가, 깜박하고 보내지 못해서 당황하기도 한다. 어떤 부모님은 키즈노트가 안 왔다고 불만을 표시하시는 부모님도 계시고, 작성하다 보니 실수로 사진이 다른 친구 것을 보낼 때도 있는데, 많이 서운해하는 부모도 있다.

선생님들은 아이들과 놀이를 하다 보면 손에 물감이 범벅되어 사진을 못 찍는 경우도 발생한다. 어느 날은 아이가 몸이 안 좋은지! 기분이 나쁜지! 적극적으로 활동에 참여하지 않고 쉬고 싶어할 때도 있다. 어떻게 마냥 즐겁기만 할까? 선생님도 아이들이 놀이하면서 재미있고 행복한 모습만 사진을 잘 찍히면 찍는 선생님도 행복하고 기분도 좋을 것이다. 그러나 아이들은 자기 세상에 빠져 있기에 잘 웃고 잘 놀다가도 사진만 찍으려고 하면 표정이 굳어지고 부끄러워하는 아이들도 있다. 그리고 특히 수영이는 항상 표정이 없고, 긴장한 모습을 보인다. 이럴 때 선생님은 참으로 난감한 상황에 걱정이 앞선다. 아이들과 놀이하다 보면 핸드폰을 손에 쥐고 있을 순 없다. 놀이하고 있는 아이들을 찍는 것에 집중하다 보면 사진을 찍지 않는 아이들은 자연스럽게 소홀할 수 있다. 그리고 특히 아이들은 잠깐의 방심에도 사고가 날 수 있다. 선생님들이 눈이 앞, 뒤, 옆에 달린 것도 아니고 사진을 찍으면서 다른 놀이하고 있는 아이들에게 신경 써야 하니 말이다. 특히 생일잔치가 있는 날이면 선생님들은 예쁜 사진 한 장이라도 더 남겨 주고 싶은 마음에 아이들 앞에서 재롱을 떤다. 생일상에 눈이 가 있는 아이 이름을 불러가며 예쁜 사진으로 추억을 남겨 주기 위해 아이들 앞에서 갖은 애교를 부린다. 이렇게 선생님들은 아이들이 놀이하는 순간순간을 소중히 간직해 주기 위해 애쓴다. 그러니 부모님께서 내 아이가 조금 미운 모습이라도 예쁘게 봐주길 부탁드린다.

부모님께서 아이에 대한 고민이나 궁금증의 글을 남겨 주시면 선생님은 좀 더 세밀하게 관찰하고 지켜보게 된다. 특히 영아를 어린이집에 보낼 때는 집에 있던 상황을 선생님께 적어 보내주면 좋다. 아이가 등원 시 울음을 보였던 이유, 밤에 잠을 푹 못 잔 이유. 심지어 부부싸움 하여 아이가 놀랐다는 이야기 등 선생님과는 협력자, 동반자로 함께 내 아이를 키우면 좋다. 선생님은 키즈노트를 기다린다는 부모님의 이야기에 기분이 좋고 하루의 피로가 눈 녹듯이 녹아내린다. 이처럼 부모님들께서는 우리 아기 선생님은 사랑하는 내 아이 양육을 함께하는 나와 가장 좋은 협력자이며 동반자라는 것을 기억해 어린이집, 가정이 함께 협력자, 동반자 관계가 되길 바란다.

7.
내가 모르는
내 아이

"선생님, 지호가 친구들이 안 놀아준다고 어린이집 가기 싫다고 하는데 어린이집에서 친구들과 못 어울리나요?"라고 어머니께서 걱정스러운 목소리로 하원 시간에 말씀하신다. 만 1세 지호는 또래보다 언어발달이 빠른 친구다. 감정 표현을 자기중심적으로 한다. 요즘 지호가 좋아하는 놀잇감은 자동차를 좋아한다. 특히 노란색, 빨간색에 집중한다. 노란색, 빨간색 자동차로 재미있게 놀고 있는 태근이는 갑자기 지호에게 놀던 자동차를 뺏기고 만다. 그러다 보니 태근이와 지호는 싸움이 일어난다. 지호는 친구들과 놀이를 할 때도 좋고 싫음이 명확한 아이다. 다른 친구들과 놀이를 하기보다 자기가 좋아하는 성민이랑 단 둘이 놀이를 하려는 성향이 강한 친구다. 그런데 성민이가 자기와 놀아주지 않으니 속상한 마음에 엄마에게 친구가 놀아주지 않는다고 이야기하는 것이다. 아이가 집에 돌아와 친구들이 안 놀아준다고 이야기하면 어머니는 걱정이 클 거다. 특히 요즘은 외동아이가 많고, 또 사회가 왕따, 학교폭력에 대한 문제를 심각하게 다루고 있다. 그러다 보니 우리 아이가 왕따가 아닐까 하는 생각을 하신다.

아이들은 지속적인 성장을 한다. 이런 아이들의 인지발달을 알아야 지호 마음을 이해하고, 내가 모르는 행동을 하는 내 아이의 행동을 부모님들은 이해하게 된다. 지금 영아기에 있는 아이들은 영아기에 감각으로 느꼈던 추상적인 개념을 구체적인 개념으로 발전시켜 나가는 인지발달 단계에 있다. 인지라고 함은 지식을 습득하고 문제해결 과정에서 이를 사용하는 정신적 과정이다. 그리고 인지발달이란 성장하는 월령에 따라 나타나는 주의, 지각, 학습, 사고, 기억과 같은 정신적 활동에서 일어나는 변화를 말한다. 그래서 자녀를 키우는 부모님들이라면 들어 보았을 만한 학자 '피아제'의 '인지 이론'에 대해 부모님들이 조금이라도 알고 계신다면 도움이 된다.

　피아제는 수많은 아동교육 기관이나 출판사 등에서 아동의 인지, 인지심리학과 관련된 글이나 책에서 쉽게 찾아볼 수 있다. 피아제는 비네^(자신의 두 딸의 정신적 특징 연구를 2가지 대조적인 성격유형에 관한 체계적 연구를 하여 아동의 지능 측정에 영향을 미치는 지능검사인 비네 검사를 개발한 학자)와 함께 아동의 지능 관련 연구를 했다. 그러기 위해 피아제는 많은 아동을 면접하고 아동들의 문제해결 능력을 조사 연구했다. 연구를 통해 피아제는 아동의 인지는 성인과 다르게 계속 발달하고 성장한다는 사실을 알게 되었다. 피아제는 자신의 세 명의 자녀를 키우면서 세 자녀를 주의 깊게 관찰했다. 세 자녀가 새로운 장난감을 어떻게 탐색하며, 그가 제시한 단순한 문제들을 어떻게 해결하며, 그들 자신과 주변 세계를 어떻게 이해하게 되는가를 연구했다. 그러면서 피아제는 아이들의 지적 성장에 대한 인지의 변화와 성장 발달을 확신하게 되었다. 아이들이 주변 환경에 반응하고 문제를 해결해 나가는 모습을 자세히 관찰했다. 그러면서 아이들은 주변 환경에서 여러 정보를 습득해 자신의 인지를 발달시켜 나갔다. 이 과정을 통하여 피아제는 인지발달 단계이론을 만들게 되었다.

아이들이 출생하면서 감각 입력과 운동 능력을 통합하여 주변 환경에 따라 '행동하고' 주변 환경을 '알아가도록' 하는 행동이 감각 운동을 형성하는 시기이다. 우리가 가만히 누워서 먹고, 자고만 하는 조그만 아기가 지식을 얻기 위해 외현적 행동에 의존하면서 발달하는데 얼마나 이해할 수 있을까? 하면서 출생 후 아기에게 관심을 주지 않는 경우가 종종 있다. 하지만 이 시기에 영아들은 우리가 상상하는 것 이상으로 많은 것을 이해할 수 있다. 태어나서 첫 2년간 영아들은 반사적인 생명체에서 자기 자신, 가까운 주변 사람들, 그리고 일상 세계에 놓인 대상과 사건들에 대해 많은 것을 학습한 능숙한 문제 해결사로 발달해 간다. 특히 이 시기에는 어린이집에 처음 입학했을 때 적응 기간을 잘 따라갈 수 있는 분리불안 발달인 대상 영속성의 발달을 주목해야 한다. 대상 연속성의 발달은 어떠한 대상이 보이지 않거나 다른 감각을 통해 탐지할 수 없을 때도 그 대상이 계속해서 존재한다는 개념이다. 이 대상 영속성의 개념은 생후 8~12개월경에 나타난다. 우리가 쉽게 말하는 낯가림의 시기를 말한다. 피아제가 말하는 두 번째 단계인 전 조작단계가 지호가 속하는 단계다. 전 조작단계에서는 2세에서 7세에 걸쳐 발달하는 시기인데 상징(가상)적 수준에 사고하지만, 아직 인지적 조작은 사용할 수 없는 단계다. 그래서 지호가 성민이랑 놀이하려고

아이를 보면 **부모가 보인다**

하다가, 성민이가 놀아주지 않는다고, 하원 후 엄마에게 말하는 것이다.

앞서 말했듯이 이 시기(전조작기)에 나타나는 특징은 상징 놀이(가상 놀이)를 시작하게 되는데, 때때로 걸음마기 아기는 자기가 엄마나 텔레비전 속의 주인공이 된 것처럼 행동하고, 총, 칼과 같이 특정 기능과 관련된 물건을 표상하기 위해 신발 상자나 막대기, 블록 등을 이용하기도 한다. 그래서 아이들이 가상의 세계에 빠져들어 상상 속 친구를 발명해 내기 시작하는 것이 아닌가 하고 걱정을 하실 때도 있다. 하지만 이런 상징적 놀이를 통해 어린 아동의 사람, 물체, 행동에 관한 인지가 향상하게 되고, 세상에 대해 점점 더 세분화된 표상을 갖게 된다. 아이들이 하는 소꿉놀이, 시장 놀이, 엄마, 아빠 역할 놀이 등 이러한 가상 활동이 아이들의 사회적, 정서적, 지적 발달에 어떤 식으로든 긍정적인 역할을 한다.

감각운동기에 대상 연속성에 주목하였다면 전조작기에는 자기중심성과 물활론적 사고에 대해 알아 두시면 내 아이 이해에 도움이 된다. 피아제는 아동의 전 조작적 사고에서 보이는 현저한 결점으로 다른 지적인 결함 또한 초래하는 것이 자기 중심성이라고 했다. 여기서 전조작기 아이들은 세상을 자기 자신의 시각에서부터 바라보는 상황이 자기 중심성이라고 한다. 그래서 아이들은 타인 시각 인식에 어려움을 겪는다. 지호가 자기와 놀아주지 않는 친구를 바라보았을 때의 심정일 거다. 또 한 가지 이 시기의 아이들은 물활론적 사고를 한다. 아이들은 사물에 대한 자기중심적인 시각으로 인해 허상인 외양과 실체를 구별하는 것이 불가능하다. 물활론적 사고는 무생물에 대해 생명체의 특징을 부여한다. 이런 물활론적 사고를 하는 시기이니 부모님께 아이들이 어린이집에서 있었던 내용에 대하여 올바른 상황을 전달할 수 있을까? 라는 것이다.

지호가 "엄마, 친구가 안 놀아줘"라고 하는 말속에는 지호의 마음이 어떤 마음이 있는지 알아주어야 한다. 부모님들은 지호의 이런 말에 이렇게 상호작용을 하실 것이다.

"그래, 누가 안 놀아줘!"라고 이렇게 우리 아이들과 상호작용 하신다. 이렇게 아이에게 답해주기보다 아이의 마음을 이해해주고 간단하게 "그래서, 우리 지호가 속상했구나!"라고 말을 해주신다면 나와 떨어져 지내는 시간, 내가 모르는 내 아이 마음은 건강하게 발달한다.

민속의날 팔씨름을 했다. 팔씨름을 지고도 신나 활짝 웃는다.
아이들은 승부에는 관계없이 놀이자체가 행복하다.

8.
감정을 공감해 주는
진짜 사랑

　4차 산업혁명 시대에 우리는 살아가고 있다. 이 시대가 요구하는 생존 능력을 최성애, 존 카트맨 박사는 '감정적 공감과 소통 능력' 그리고 거기에 '회복 탄력성'이라고 한다. 부모님들께서도 각종 미디어나 SNS에 '아동심리학과 교육학 분야에서 감정코칭이 유행이다.'라는 뉴스가 실린 적 있다. 하지만 중요한 것은 감정코칭은 갑자기 나타나서 일시적으로 확산 후 사라지는 현상이 될 수 없다. 왜냐하면, 이 4차 산업 혁명 시대에 새롭고 거대한 시대적 변화는 아동 양육법 및 인재상과 맞물려 변화하고 있기 때문이다.

6070 세대가 성장할 때는 학교에서나 부모님들이 오랫동안 아이들에게 '이래라, 저래라'하며 아이들의 행동을 지시하는 가운데 성장했다. 아이들이 그 지시에 잘 따르면 상을 주고, 잘 따르지 않으면 벌을 주면서 '사랑의 매'라고 합리화하며, 부모나, 양육자들은 아이에게 회초리를 들거나 벌을 준다. 그리고 나면 부모나 양육자는 죄스러운 마음에 자기 합리화로 훈육 차원에서 한 거라고 스스로 위로를 한다. 또한, 아이들이 부모나 양육자가 요구하는 지시에 잘 따르면 무조건 '최고', '잘했어요.' 도장을 공책 한쪽에 꾹꾹 찍어 주셨던 선생님. 지금도 부모님들께서는 아직 말귀를 못 알아듣는 자녀들을 빈번히 협박한다.

"호섭아, 엄마 말 안 들으면 맴매한다."라며 아이에게 겁을 주기도 한다. 나도 가끔 아들에게 성인이 됐으니 '맴매'한다고 협박할 수 없지만, 이렇게 해라, 저래라 아들에게 지시하는 내 모습을 발견하곤 한다. 그런 나를 발견하곤 한 발짝 뒤로 물러나 내 모습을, 그리고 간섭하며 지시하는 부모의 소리를 듣는 아들의 모습을 바라본다.

사실 상과 벌은 위력적이다. 그래서 효과는 단박에 나타난다. 하지만 상벌로 행동을 다스리려고 하면 아이들에게는 내성이 생겨서 점점 더 크고 강한 자극이 필요로 하게 된다. 그러면서 내 아이의 창의성과 인성이 망가지는 양육이 시작된다. 이런 양육 태도가 반복되면서 내 아이는 내적으로 스스로 하고자 하는 동기는 위축되고 좀 극단적으로 표현을 하자면 그저 외적 자극에 반응하는 동물이나 노예처럼 될 수 있다. 내 생각이 아니라 많은 학자의 종단적 연구에서 밝혔던 내용이다.

지금도 6070 세대의 부모는 아이를 낳아 잘 먹이고, 잘 입히고 학교에 보내는 것만으로 부모의 역할을 어느 정도 했다고 생각했다. 나도 그랬다. 기본적인 의식주를 해결해 주고, 교육받을 기회를 제공해 주면 나머지는 아이가 성장하면서 스스로 알아서 한다고 생각했다. 하지만 지금은 부모의 역할이 끝이 없다. 아이가 아무 탈 없이 건강하게 자랄 수 있도록 모든 것을 챙겨주는 것은 기본이고, 공부를 잘 할 수 있도록 부모는 학습 관리자 역할, 아이가 정서적, 인지적, 인격적으로 부족함이 없도록 체험 학습과 인성 교육도 게을리해서는 안 되기에 부모들은 여기저기 소문을 듣고 좋다고 하면 큰돈을 들여서 과외를 시킨다. 이처럼 요즘 8090세대의 부모님들을 아이를 위해서라면 돈, 시간, 노력 그 어떠한 것도 아낌없이 투자한다. 이렇게 많은 투자를, 많은 사랑을 받고 자라는 아이들이 어찌 된 일인지 예전보다도 행복하지 않다고 한다. OECD 26개 국가의 어린이와 청소년들의 행복 지수를 조사한 결과, 우리나라는 8년째 연속으로 가장 낮은 나라다. 청소년 자살지수도 우리나라가 세계에서 1위라고 한다. 왜 그럴까? 이에 대한 답은 부모가 아이를 사랑하는 방식에서 찾아봐야 할 거라는 생각을 한다.

잎새반 소원이 어머님께서 1학기 상담 오셨을 때 상담 중에 "어머님은 아이들과 행복한 시간을 보낼 때가 언제세요?" 라는 물음에 이렇게 답변을 주신다.

"행복한 추억을 만들고 행복한 시간을 보내기 위해 아이와 눈을 맞추고, 함께 웃고, 추억할 수 있는 시간을 가져야 하지만 저희는 개인 사업을 하고 있습니다. 그러다 보니 두 아이는 어린이집에서 종일 보내고 있어 마음이 아픕니다. 그래서 많은 시간 아이들과 같이 보내지 못해 미안한 마음에 짧은 시간이라도 소원, 소망이와 눈맞춤하고 이야기하면서 공감해 주려고 노력합니다. 그럴 때 엄마의 마음을 느끼는지 소원이, 소망이가 행복해하고 신나 합니다. 그리고 퇴근 후 일상이 끝나고 나면 온 가족이 함께 저녁을 먹으면서 식탁에서 하루 있었던 이야기를 나누려고 하지만, 퇴근 후 먹고, 씻기고 제가 해야 할 일이 많다 보

교사가 아이와 마음을 책을 통해 읽어 주신다.

니 아이들과 행복한 시간을 만들기가 여유롭지 않지만 노력하고 있어요."라고 말씀하신다.

일을 하다 보니 항상 시간에 쫓겨, 아이들과 함께 하는 시간

아이를 보면 **부모가 보인다**

에 "빨리, 빨리하자!" "빨리, 자자"라는 이야기를 많이 하셨다고, 그러면서 어머님 또한 '빨리'라는 두 글자가 문장에 붙었을 뿐인데 엄마의 마음이 조급해진다고 하셨다. 그런 마음을 느끼면서도 실천을 못 하신다. 가족과 함께 하는 시간은 분명 행복한 시간인데 행복감을 느낄 새도 없이 휘~이익 지나가는 허전한 기분이 든다고 하신다.

"그래, 내가 바쁘지! 아이들이 바쁜 것이 아니지!" "천천히, 하자!"라고 혼자 말로 내뱉어 보셨다고 한다. 쉽지는 않지만, 아이들이 스스로 할 수 있도록 기다려 주고 가족과 함께 있는 시간을 테이프를 늘리듯 천천히 여유를 가지고 즐기고 있다고 하신다. 그러다 보니 가족과의 행복한 시간을 위해 부모님 또한 성장하게 된다는 것을 느끼고 있다고, 늘 아이들 입에 음식을 넣기 바빴던 예전의 식사 시간과 달리 맛은 어떤지, 반찬은 어떻게 엄마가 만들었는지, 온 가족이 이야기를 나누며 먹는 요즘, 큰아이가 어느 날 밥을 입에 넣으며 이야기를 한다. "엄마, 이거 너무 맛있어!"

우리 아이는 아마 엄마가 자신을 공감해 주고 엄마가 여유 있어 보이는 것에 진짜 사랑을 먹고 성장하는 것일지도 모른다는 생각이 들었다고 가족과의 시간을 회상하시면서 말씀해 주셨다.

최성애, 존 가트맨 박사가 부모들은 아이를 위해서라면 아이의 감정을 공감해 주는 것, 이것이 진짜 사랑이라고 말한다. 부모들의 잘못된 방식의 사랑은 시간이 지날수록 아이가 마음의 빗장을 단단히 걸어 잠그게 된다고 한다. 사랑하는 내 아이가 그렇게 되지 않기 위해 감정코칭을 하여 아이를 긍정적으로 변화시키고 내 아이를 행복하게 만들어주는 사랑법이라고 한다. 다시 나를 돌아보자! 나는 내 아이를 정말 제대로 사랑하고 있는지! 내 아이의 감정은 잘 알고 있는지!

제3장

엄마를 보면
아이가 보인다

1.
어린이집 주변을
맴도는 엄마

어린이집에서 부모 품을 떠나 활동하는 아이가 궁금하신가요?

"김 선생님! 밖에 누가 계시나 봐요?"

우연히 창문 쪽에 얼굴을 돌렸을 때 난 깜짝 놀랐다. 접착 시트지로 반쯤 가려진 창문 위로 핸드폰이 보였다. 김 선생님은 "누가요?" 하면서 창문을 얼른 열고 내다보신다. 보람이 부모님께서 핸드폰으로 어린이집 안을 촬영을 하고 있었다. 사랑반은 건물 코너에 위치 해있다. 그러다 보니 종종 발생하는 일이다. 얼마 전에는 성민이 어머니는 밖에서 한 시간 등을 지고서 교실

안의 이야기를 듣고 있다 가기도 하셨다. 귀하고, 예쁜 아이를 등원시키고 나서 집으로 가지 않고 계속 어린이집 주변을 맴돌면서 교실 안을 지켜보고 계시는 부모님들이 계신다. 부모님께서는 어린이집에서 활동하는 내 아이의 모습이 궁금하신가 보다. 우리 아이가 누구와 무엇을 하며 노는지? 선생님이 우리 아이와 어떻게 상호작용을 하는지? 잘하고 있는지 교실 안 소리를 듣고 계셨다. 부모님들이 가끔 어린이집 주변에서 듣고 계셨다는 걸 알게 되었다. 하원 시간 성민이 어머님이 보셨던 교실 장면의 이야기를 태민이 어머님이 말씀하신다. 깜짝 놀랐다.

"어머니~ 어떻게 아셨어요?"라고 어머님께 여쭈었더니, 어머님 하시는 말씀이 "성민이 어머님께서 아이들이 교실에서 활동하는 모습이 궁금해 창문으로 보셨다고 하시네요!"라고 말씀해 주셨다. 또 어떤 날은 환기를 시키느라 창문을 활짝 열어 놓으면 불쑥불쑥 창문으로 부모님이 갑자기 얼굴을 교실 안으로 들이밀고 내 아이에게 반갑다고 손을 흔들고 가버리는 부모님들의 모습에 깜짝 놀란 적도 여러 번 있다.

이처럼 자녀 양육과 교육에 극성스러울 정도로 관심을 쏟고 자녀의 주위를 맴돈다고 해서 그런 부모들을 지칭한 용어로 헬리콥터 맘, 헬리콥터 부모라고 지칭하는 용어가 있다. 난 우리나라에서만 사용하고 있는 줄 알았는데, 헬리콥터 부모는 세계적인 현상이라고 한다. 특히 일본에서는 신입사원 입사식에 아예 부모를 초대하는 회사까지 등장했다고 한다. 미국에서는 카메라를 장착한 무인 '드론'을 띄워 자녀의 생활상을 살피는 부모도 등장했다고 한다. 진짜 헬리콥터 부모다. 2015년 4월 미국의 테네시주 녹스빌에서 영상 제작사를 운영하는 크리스 얼리는 8살 딸 케이티의 등· 하굣길을 지켜보기 위해 드론을 띄우고 있다면서 CBS 뉴스에서 보도된 적이 있다. 이야말로 새로운 헬리콥터 부모의 전형이라고 할 수 있다.

헬리콥터 부모로부터 양육을 받고 자라는 경우, 성장하는 아이의 자아존중감 형성에 큰 영향을 끼칠 수 있다. 여기서 자아존중감이란 자신을 유능하고 중요하며 성공적이고 가치있다고 생각하는 것으로 자신에게 주는 값어치라고 정의할 수 있다. 학자들을 자아존중감에 대한 기준을 제시하였다.

첫째, 자기가 중요하다고 생각하는 사람에 의하여 사랑받으며 인정받고 있다고 느끼는 정도.

둘째, 자신이 중요하다고 여기는 작업을 수행하는데 성취 의욕을 만족할 수 있는 실력.

셋째. 도덕과 윤리적인 규범을 달성한 정도.

넷째, 다른 사람에게 영향을 미치고 통제할 수 있는 능력의 정도.

위의 네 가지 기준에서 모두 높은 점수가 될 때 자신을 높이 평가하여 최대의 자기 성취감을 얻고, 자아존중감이 형성된다.

자아존중감은 어린이집에 입학하는 시기인 만1세~만 2세 경부터 나타나는 자조 기술의 발달과 더불어 시작된다. 여기에는 밥 먹기, 옷 입기, 세수하기, 대소변 가리기 등 이상의 과업들을 성공적으로 수행하면서 아이들은 자신의 기본적인 능력에 대해 신뢰감을 형성하게 된다. 이러한 신뢰감은 자아존중감의 중요한 기초가 된다. 그런데 요즘은 외동 자녀가 많고, 다 귀한 자녀로 애지중지 과보호를 받고 성장한 아이들 같은 경우 스스로 성취감을 맛볼 기회가 적어지게 된다. 헬리콥터 부모 밑에서 성장한 아이들은 뭐든지 부모님이 결정해 주는 것에 따라 행동을 하게 된다. 그러다 보니 결정할 것이 발생할 때 무엇을 선택해야 하는지! 선택, 결정 장애를 경험하게 된다. 자기 결정 장애는 선택해야 할 때 무엇을 선택할지! 쉽게 선택하지 못하는 것이다. 다른 말로 햄릿 증후군이라고 부르기도 한다. 햄릿 증후군이라고 이름이 붙여진 이유는 극작가인 셰익스피어의 작품인 햄릿의 주인공이 선택 장애 증세를 보이면서 갈등하는 데에서 비

롯되었다. 그러니 헬리콥터 부모님께서 항상 아이의 주변을 맴 돈다면, 아이는 부모의 눈치를 살피면서 모든 것을 부모가 결정 해 주기를 바라게 된다.

세상을 살아감에 있어 우리의 삶은 선택의 연속이다. 태어나 면서 어떤 부모를 만나느냐에 따라 인생이 바뀔 수도 있다. 설령 흙수저로 태어나도 어떤 자세로 살아가느냐에 운명이 변할 수도 있다. 내 아이는 자존감이 높은 아이로 성장할 수 있길 바란다 면, 자신감을 가지고 당당하게 스스로 선택하고, 스스로 경험하 여, 햄릿 증후군에서 벗어날 수 있도록 한다. 나는 몸과 마음이 건강하게 자랄 수 있도록 내 아이에게 자율을 주는 헬리콥터 부 모가 아닌가 생각해 보기 바란다.

2.
스마트폰을
내려놓지 못하는 엄마

스마트폰이 뭐길래?

"밥 먹을 때 우리 엄마가 뭐 보면서 먹어도 된다고 했는데"라고 하면서 태희는 친구들과 교사와 이야기를 나누면서 식사하는 것을 힘들어한다. 거기에 수저를 들고 자기 스스로 밥 먹는 것도 힘들어한다. 태희는 스마트폰 영향으로 어린이집에서 식사할 때 스스로 떠먹지 않고 멍하니 앉아 있는 시간이 많다. 태희뿐 아니라 지금 8090세대의 부모들께서는 스마트폰이 아이들의 육아 도우미로 큰 몫을 하고 있다고 생각한다. 그러다 보니 태희와 같은 태도로 스마트폰을 켜 놓고 엄마가 떠먹여 주는 밥을 받아먹기만 하다 보니 스스로 먹는 것에 거부감을 보이기도 하고 잘 먹지 못한다.

1학기 상담 때 진희 어머니도 스마트기기 이용으로 고민이 많다고 이야기를 하신다.

"둘째를 임신 후 체력적으로 힘이 들 때 진희에게 처음으로 뽀로로 동영상을 보여 주었습니다. 그리고 가족과 외식할 때 저희 부부가 식사하기 위해, 그리고 진희를 조용하게 하기 위한 수단으로 핸드폰의 유튜브 동영상을 보여 주면서 우리 두 부부는 맛있게 여유롭게 식사를 할 수 있었습니다. 지금 와서 진희의 태도를 보면 후회가 됩니다. 그러나 스마트기기 없는 육아를 감당하기가 쉽지 않습니다. 둘째를 출산하고 현재 모유 수유를 하는 중이라 진희가 어린이집에 등원하고 있는 동안에는 수월하지만, 하원 후에는 진희의 질투가 심해, 둘째를 돌보는 게 뜻대로 되지 않아 결국 스마트기기에 의존하게 됩니다. 진희 아빠 퇴근이 빠를 때는 진희에게 스마트폰 없는 육아를 진행할 수 있습니다. 아빠가 야근이라도 하게 되면 독박 육아(배우자나 다른 사람의 도움 없이 혼자서 아이를 기르는 일을 비유적으로 이른 말)를 하게 되면 어쩔 수 없이 또 스마트폰 동영상을 보여 주게 됩니다."라고 이야기를 해

주셨다. 이 고민은 진희 부모만 아니라 많은 부모의 고민거리라 생각이 든다.

요즘 아이들은 걷기도 전에 부모의 스마트폰 활용하는 것을 배우는 듯하다. 어린이집에서 교사들이 아이들의 놀이 모습 사진을 찍고 책상 위, 사물함 위에 올려둔 스마트폰을 보면, 고사리 같은 손으로 핸드폰을 들고 터치스크린에 손가락을 얹고, 능숙하게 밀어 화면 전환을 시키는 행동을 한다. 호기심 많은 아이 눈에 스마트폰이나 태블릿 PC 등은 장난감보다 훨씬 유혹적이고 눈을 뗄 수 없게 하는 놀잇감 된 지 오래다. 이제 스마트기기는 우는 아기 달래는 놀잇감으로 스마트기기의 과몰입이 영유아의 문제로 심각한 상태다.

부모님들은 스마트폰에서 다양한 교육용 앱을 활용하여 동화나, 동요를 보여 준다. 나쁜 콘텐츠가 아니니까 괜찮아! 하면서 스스로 위로하고, 진희 어머님처럼 쉴 수도 있고 다른 일을 할 수 있어 스마트폰이 엄마 대신 역할로 부모님들은 아이들의 손에 깊은 생각 없이 스마트폰을 준다. 그런데 여기서 잊고 계신 것이 있다.

11년 전 만 2세 기수가 어린이집 입소했다. 그런데 기수는 반응이 느리고, 행동에서 유사 자폐의 성향이 보였다. 어머께 여쭈었더니, 육아가 힘들어 기수에게 핸드폰 영상을 보여 주었다고 한다. 그래서 내가 석사 논문 주제를 선택하게 된 동기가 되었다. 논문의 주제를 '영유아의 스마트기기 이용이 정서 지능에 미치는 영향'으로 썼다. 그 연구에서 정서 지능에 미치는 영향을 연구하였는데, 스마트기기는 우리 아이의 두뇌 발달의 다양한 방향으로 많은 영향을 미친다. 스마트기기는 일방적이고 반복적인 자극을 준다. 그래서 연구가들은 스마트기기 사용은 좌뇌를 자극하게 된다고 한다. 반면 우뇌는 전체를 보는 뇌로 스킨십이나 여행, 운동 같은 넓게 보는 자극에 발달한다. 그런데 스마트폰으로 인해 우뇌의 발달이 저하되고 우뇌 증후군이 유발될 수 있다. 우뇌 증후군은 실내생활이 많아지고 신체를 사용하지 않으면서 좌뇌 발달만 하게 되어 우뇌 기능이 떨어지게 되는 현상을 말한다. 또한, 많이들 경험하고 계실 것인데, 스마트폰에 과몰입이 되어 있는 친구들은 주의력 결핍 과잉 행동 장애를 유발할 수도 있다. 스마트폰이나 TV, 컴퓨터 등의 스마트기기를 사용하는 시간이 길어지면서 강한 색상들이나, 소리, 그리고 빠르게 전개되는 화면 등이 뇌를 자극하다 보면 이런 것에 아이들은 익숙해진다. 이것을 통해 집중력이 부족해지면서 주의력 결핍 과잉 행동 장애(ADHD)가 유발될 수 있다. 만 3세 이전의 영유아들은 아직 뇌 피질 발달이 미숙한 시기다. 그러다 보니 미숙한 뇌는 충동 조절 능력이 제대로 발달하지 않은 상태에 강한 소리와 색채 자극에 끊임없이 반복적으로 노출하다 보면 충동성이 강해질 수 있다. 그러다 보니 스마트폰을 보여 주지 않거나, 보던 것을 꺼 버리면 아이들은 떼쓰고 뒹굴고 난리가 난다.

팝콘 브레인이라고 들어 보셨을 거다. 첨단 디지털 기기를 지나치게 많이 사용하여 뇌가 팝콘처럼 곧바로 튀어 오르는 것에만 반응하는 상태를 말한다. 그리고 팝콘 브레인이 되면 다른 사람의 감정이나 천천히 바뀌는 진짜 현실 적응은 둔감한 반응을 보이는 뇌로 변형될 수 있다. 그렇게 되면 공부하는 것과 아이들과 이야기하는 것에 흥미를 갖지 못하고 오로지 컴퓨터나 스마트폰 자극에만 반응하는 뇌로 변형되는 것을 팝콘 브레인이라고 한다.

사람의 뇌는 태어나면서 약 만 2세까지 욕구를 충족하는 기능이 발달한다. 그 이후가 되면 자신의 욕구와 충동을 억제하고 조절하는 기능이 전두엽에서 발달한다. 이 시기에 스마트기기와 같은 영상 자극을 과몰입하게 되면, 조절하고 억제하는 기능의 발달하지 않으면서 심각한 조절 장애와 주의력 결핍 등 품행 장애가 나타날 수 있다. 그래서 아이들이 때를 심하게 부린다거나, 조금만 화가 나도 참지 못하고, 욕을 하고, 주먹을 휘두르는 등 과도한 행동을 보이는 경우가 발생한다. 이러한 행동들이 나타나는 이유는 전두엽에서 해야 하는 역할을 제대로 하지 않는다는 신호라고 보면 된다. 어떤 부모님은 아이가 스마트폰이나 미디어에 몰입하여 보는 것을 보고 우리 아이가 집중력이 있다고 말씀을 간혹 하신다. 하지만 그렇게 집중하는 것은 스마트기기를 사용할 때만 발휘를 하는 것이다. 일상생활 속에서는 산만하고, 통제력을 발휘하지 못하고 있는 경우가 많다. 그렇다면, 뇌는 충동적인 동물의 뇌로 변해가고 있다는 것이다.

기수가 만 2세인데 언어와 사고가 되지 않았던 이유도 스마트기기의 과몰입으로 인한 영상 자극이 뇌의 전두엽뿐 아니라 뇌의 뒷부분인 후두엽도 자극하였기 때문이다. 우리가 책을 읽을 때는 뇌 전두엽의 사고 작용이 활성화되어 사고력과 추리력, 언어능력이 활성화가 일어난다. 그런데 스마트기기의 과몰입이 된 아이들에게는 어떤 문제들이 나타날 수 있을까? 큰 문제는 현실감각이 떨어져 충동적이고 우발적인 행동을 할 수 있다. 실제로 많은 연구 결과에서 디지털 매체에 과몰입된 아이들의 뇌 파를 촬영해 보면 두뇌의 전두엽과 두정엽 부분에서 느린 뇌파 가 많이 나오는 것을 알 수 있다. 이렇게 되면 사물이나 현실을 인지하는 능력이 다소 떨어질 수 있고, 충동 조절에 실패하게 되 거나 부주의한 행동을 할 가능성이 크다.

아이들은 주변 사람들과 상호 작용하면서 감정을 교류한다. 그러면서 공감 능력, 인지능력, 언어능력 등 모든 것을 만져보고 체험하고 느끼면서 경험 속에서 스스로 터득하면서 성장한다. 그러니 부모님께서 먼저 매일 손에 쥐고 있는 스마트폰을 아이 들이 있는 시간만이라도 보지 않기를 권장한다. 사용하게 되더 라고 부모님께서 항상 주의를 기울이고 또 사용 시간을 잘 제한 하시라고 말씀드린다.

3.
말 한마디의
힘

부모님께서 배려해 주시는 말 한마디 힘이 교사에게는 보약입니다.

5월 중순이 지날 무렵 아이들이 교실에서 신나게 놀이를 하고 있다. 친구들과 교실을 이리저리 뛰어다니면 놀이를 재미있게 하다 보니 흥분이 과열되었다. 이렇게 흥분이 높아지면 아이들은 놀이 중 사고 발생이 높아진다. 이때 교사는 아이들을 진정시키며 뛰는 것을 다른 활동으로 전이시키려고 유도를 한다. 그러나 아이들이 한 번 올라간 흥분은 쉽게 가라앉지 않는다. 놀이에 몰입이 된 주희는 뛰다 넘어졌다. 넘어지면서 주희는 교구장 모서리에 이마를 '쿵' 하고 부딪혔다. 이마가 찢어졌다. 빠르게 거즈를 대고 지혈을 시키고 부모님께 병원으로 오시라고 전화를 드리고, 가까운 대학 병원으로 이송하였다. 병원에서 이마를 5바늘 꿰맸다. 주희 부모님께서는 아이 얼굴에 흉이 남을까 봐 많이 걱정하셨다. 그래서 부모님의 요구에 따라 서울 강남에 유명한 성형외과에서 치료를 받았다. 상처가 눈썹 근처라 크게 흉이 남지 않게 되어 다행이었다.

그 순간을 생각하면 아찔하다. 주희처럼 크게 다치는 사고가 발생하면 부모님과 아이, 어린이집 불편한 마음이다. 그래서 되도록 아이들이 다치지 않도록 어린이집 구석구석을 안전하게 관리를 한다. 그런데도 아이들이 움직이는 공간이다 보니 노력을 해도 자잘한 안전사고가 발생하니 마음이 편치 않다.

아이들이 어린이집에 머무는 동안 건강하게, 다치지 않도록 교사는 마치 겹눈과 홑눈이 있어 고개를 움직이지 않고도 볼 수 있는 잠자리 눈처럼 두 개의 눈이 앞, 뒤에 달린 듯 빠르게 아이들 움직임에 따라 여기저기 눈을 돌리며 안전을 위해 노력한다. 그런데 아이들은 잠시도 조심하게 움직이지 않는다. 이리저리 뛰어다닌다. 그러다 보니 교구장이나 친구들끼리, 교실 바닥 등 여러 곳에 부딪히면서 멍이 들기도 하고 상처가 나기도 한다. 그리고 만 1세 친구들은 아직 말이 어눌하여 행동으로 모든 것을 해결하려 한다. 그러다 보니 친구들과 다툼에서 꼬집거나 할퀴거나, 물기도 해 상처가 난다. 만 1세 신우는 친구들을 자주 깨문다. 자주 친구들을 물어 어떤 상황에서 깨무는지 관찰을 했다. 그런데 싸우지 않아도 신우는 친구를 무는 게 보였다. 기분이 좋아 흥분했을 때 옆에 있는 친구를 안아주다 입을 갖다 대고 무는 것이다. 신우는 좋은 감정을 깨무는 것으로 표현한 것이다. 어제도 신우는 같은 반 친구들을 물었다. 선생님이 뛰어나와 구급 약품을 챙겨 물린 아이를 처치한다. 이빨로 물린 아이 팔뚝에는 신우가 '아' 하고 물었는지 신우의 조그만 입 모양 그대로 동그란 이빨 자욱이 시아의 팔뚝에 그려졌다.

"신우야, 안 돼"하고 신우를 부르는 순간에 벌어진 일이다. 선생님은 진땀이 난다. 하원 시간에 신우 어머니께 "어머니, 신우가 같은 반 친구 팔뚝을 물어 상처가 났네요."

그러면서 덧붙여 "죄송해요. 잘 본다고 해도 순간적으로 행동으로 옮기니, 방법이 없었어요."

그리고 어머니께 여쭈어보았다.

"어머니, 혹시 가정에서 신우를 누가 깨무나요?"

여쭈었더니, 어머님이 신우가 너무 귀여워 볼이나 팔뚝, 엉덩이를 살짝 깨무셨다고 말씀하신다.

　　발달심리학에서는 발달적 기초가 되는 중요한 과정 두 개 있
다, 하나는 성숙(학습, 손상, 질병 또는 나이 드는 과정의 결과로 신체나 행동에서
나타나는 발달적 변화)을 말한다. 또 하나 중요한 발달과정은 학습(경
험이나 연습으로 만들어진 행동 또는 행동 잠재력의 비교적 영속적인 변화)이 발달을
일어나게 하는 과정이다. 학습 부분에 우리는 주목해야 한다.
신우는 어머니와 할머니가 이쁘다고 깨무는 행동이 학습되었다.
그리고 신우는 깨무는 행동이 기분 좋은 표현이라고 잘못 인지
되었다. 그래서 신우의 문제행동을 해결하기 위해 신우 부모님
과 할머니께 가정에서 깨무는 행동을 멈추고 신우가 귀여울 때
는 꼭 안아주거나 말로 표현해 주길 말씀드렸다. 신우의 무는
행동이 점차 줄어들었다.

　　만 1세 영아들이 깨물고 때리는 행동은 어린이집에서 여러
놀이에서 관찰이 되고, 자주 일어나는 사건이다. 선생님들은 무
는 행동이 일어나는 상황을 파악하여 원인을 찾아내려 노력한
다. 그 원인은 대부분 이렇다. 영아들은 모방 행동을 하는 시기
이다. 신우도 그대로 따라 모방을 했던 행동이었다.

깨문 아이 부모나 깨물린 부모에게 교사는 죄인이 된다. 이런 사고가 발생하였던 상황을 말씀드리고, 특히 물린 시아 어머님께 뭐라고 말씀을 드리지? 아이가 다쳤다는 이런 말씀을 드려야 할 때는 교사는 죄인 아닌 죄인이 되어 마음이 무겁다.

"아니, 선생님은 아이들이 이렇게 물을 때까지 뭐 하셨어요?"라고 한다면 진짜 할 말이 없다. 아이들과 이런 마찰들은 눈 깜짝할 사이에 깨물고 꼬집는 일들이 발생한다. 선생님이 옆에 있어 빨리 대처하면 그나마 상처가 작게 나기도 하지만 그 순간을 살짝 놓치게 되면 아이들의 살이 약해 바로 흉이 생긴다. 시아 어머니께서 상처를 보고 속상해하실 생각을 하면 하원 때까지 교사의 마음은 천근만근이다.

시우는 바깥 놀이를 좋아한다. 산책길에 친구와 손을 잡고 걷다가도 넘어지고, 놀이터 근처에 도착하자 신나 뛰다 넘어져 무릎이 까이기도 한다. 이런 사고가 생길 때마다 마음이 아프다. 다친 꼬맹이들이 아파서 속상하고, 또 부모님께 다친 것을 말씀드려야 하니 내 마음도 몸 둘 바 모르게 아프고, 옛날 어르신들이 하는 말이 생각난다. 애 봐준 공은 없다고 하는 말이.

어린이집에 아이가 있는 동안에 부모님들도 안심하고 있을 텐데 아이가 다쳤다는 소식을 드리면 죄송하고 내가 일부러 다치게 한 것도 아닌데 죄인이 된다. 전화를 받으시는 부모님께서도 당황스럽고 걱정이 될 것이다. 아이가 어린이집에 잘 있겠거니 생각했는데 전화를 받으니 직접 아이의 상황도 알 수 없고 불안하고 걱정되실 거다. 이런 상황을 말씀드릴 때 마음이 편치 않은 부모님이 간혹 교사들의 마음을 헤아리지 못하시고 맘 아프게 말씀하시는 분도 계시지만, 많은 부모님은 이렇게 말씀해 주신다.

"선생님, 괜찮아요."

"선생님도 많이 놀라셨죠?"

"아이들이 워낙 활발한 시기이고, 어디로 튀질 모르는 청개구리이잖아요."

"집에서도 이리 뛰고 저리 뛰고 장난이 심해, 어제는 경비실에서 인터폰이 왔어요."

"저도 아랫집에, 경비실에 사과하느라 마음이 좀 그랬어요."

"저는 한 명 키우는 것도 감당이 안 되는데, 선생님은 쌍둥이 5명을 보시니 얼마나 힘드시겠어요?"

라며 교사를 오히려 쌍둥이 키운다고 위로해 주시고 따뜻한 마음이 담긴 말 한마디를 전 해주실 때 종일 아이들과 지내느라 지친 몸, 마음이 어느새 피로가 싹 풀린다.

4.
청개구리의
사회적 유능성

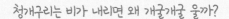

청개구리는 비가 내리면 왜 개굴개굴 울까?

청개구리 동화 이야기를 다시 떠올려 보자. 보리출판사, 이
금옥 작가 ≪청개구리 이야기≫ 중에 나오는 이야기다. 청개구
리는 엄마랑 같이 살아요. 청개구리네 마을은 강둑 아래, 바람
이 속삭이는 푸른 갈대숲, 청개구리 집은 포근한 갈대 밑, 아침
하늘 별하늘 아름다운 곳, 청개구리 엄마는 부지런한 엄마 아침
부터 바쁘게 쉴새 없이 베를 짜고 바느질하며 저녁까지 일만 합
니다. 청개구리는 친구들의 연줄 끊기, 편싸움, 돌 던지기, 맨날

동무들을 울리기만 했어요. 그럴 때마다 엄마는 속을 태우고, 미안해요, 잘 타이를게요. 이 집, 저 집 사과를 하러 다니기 바빴습니다. 그러던 어느 날 엄마가 몸져눕게 되고, 세상을 떠나게 돼요. 죽기 전에 어머니가 유언을 남기셨죠? 내가 죽거든 개울가에 묻어라! 어머니는 분명히 이번에도 청개구리가 반대로 개울가가 아닌 양지바른 곳에 묻을 거야! 라고 생각하고 하신 말이었어요. 하지만 그제야 청개구리는 철이 들어요. 청개구리는 이번만큼은 말을 잘 들어야겠다고 생각하고 개울가에 묻었어요. 어머니를 묻고 나서 어느 날 비가 내렸죠. 청개구리는 비가 내려 개울가에 있는 어머니의 무덤이 쓸려 내려갈까 걱정이 되어 비가 오는 날이면 개구리는 "개굴개굴 개 굴" 운다는 이야기다. 사실 이 동화의 취지는 가족 공동체의 문제를 생각하게 해주는 동화이다.

여기서 잠깐! 청개구리의 사회성 발달과 성격 발달을 살펴보자. 아이들이 태어나면서 기본 정서(출생 시 존재하는 혹은 생애 첫해에 등장하는 정서들로서 어떤 학자들은 생물학적으로 프로그램된 것으로 믿기도 한다.)인 분노, 슬픔, 기쁨, 놀람, 공포를 경험한다. 아이들이 태어나면 3~4주가 되면서 부모는 아이들의 발달을 위해 모빌을 제일 먼저 달아준다. 모빌은 초점 맞추기, 인지발달, 집중력, 관찰력 발달에 도움이 된다. 어떤 모빌에는 음악이 나오기도 한다. 양육자가 흔들어주고, 눌러 주다 멈추면 신생아는 스스로 할 수 있다는 생각이 드는지 모빌을 작동하기 위해 아기는 손, 발길을 움직인다. 그리고 모빌에서 나오는 음악을 듣고 음악이 멈추고 나오는 과정을 유심히 관찰하면서 학습을 하게 된다. 이러면서 아이들은 학습된 기대들이 맞지 않게 되면서 화를 내고 슬퍼하고 정서를 표현한다.

이후 2세가 되면서 당혹감, 수치심, 죄책감, 부러움, 자부심 같은 복합정서(생애 두 번째 해에 등장하는 자기 의식적 혹은 자기 평가적 정서들로서 부분적으로 인지발달에 의존)를 표출하기 시작한다. 이러한 정서들은 부모의 영향을 많이 받으며 발달한다. 아이들이 성장하면서 가정이나 어린이집에서 지키는 분명한 규칙이 있을 것이다. 그런데 규칙을 위반하거나 다른 도덕적으로 위반 행동을 했을 때 죄책감이나 수치심을 느낀다. 그런데 이럴 때 부모가 아이들이 규칙을 위반하였을 때 어떻게 반응하는지에 따라 아이의 정서는 발달한다. 그러면서 부모로부터 정서 조절하기(정서를 관리하고 적절한 수준의 강도로 정서적 각성을 조절하기 위한 전략), 정서적 표출 규칙 습득하기 등을 통하여 타인들의 정서 표현을 인식하게 된다.

청개구리는 아마도 동화 속에는 아빠 개구리가 나오지 않은 것으로 봐서 요즘 90세대 부모님들이 말씀하는 독박 육아를 하시느라 바쁜 엄마는 청개구리와의 정서 표출을 제대로 못 하였던 것 같다. 정서 표출은 주 양육자의 행동에 영향을 미치는 의사소통적 기능이다. 이를 통해 아기들은 자신들과의 사회적 관계를 시작한다. 그러면서 아동들은 정서적 유능성, 보다 긍정적 정서를 빈번하게 표현하고 부정적 정서를 상대적으로 덜 표출하는 것으로 타인의 감정과 그런 감정들을 일으키는 요인들을 정확하게 확인한다. 이런 능력으로 성공적으로 자신의 목표를 이루기 위해 노력한다. 정서적 각성의 경험과 표현을 적절한 수준의 강도로 조절하는 능력, 사회적 유능성이 발달한다. 그러면서 아이들은 타인들과의 긍정적인 관계를 맺으면서 성장한다. 그런데 자신의 이런 정서들 특히 분노를 적절히 조절하는 데 어려움을 겪는 아동의 경우 자주 또래들로부터 거부당하고 자기통제의 결여, 부적절한 공격성, 불안, 우울, 사회적 위축과 같은 사회에 적응하는 문제에 직면하게 된다. 단정지어 말할 수 없는데, 청개구리는 엄마와 의사소통을 제대로 하지 못하고 사회적 관계 맺기도 잘하지 못하고 성장한 것 같다.

정서 유능성은 사회적 유능성과도 관련이 있다. 사회적 유능성은 특정 생활상황에 적절하게 반응하고 환경을 효율적으로 다루는 개인의 능력을 뜻한다. 성인과의 상호작용이 감소하고 또래와의 상호작용이 증가하는 걸음마 시기 이후부터는 또래와의 효율적인 상호작용을 위해 사회적 유능성을 발달시킬 필요가 있다. 사회적 유능성이 낮은 영유아들은 또래와의 부적절한 상호작용으로 인해 사회적 고립을 초래할 뿐만 아니라 사회적 기술을 발달시키고 실행할 기회가 점차 감소하며, 자신과 사회에 대해 부정적인 개념을 형성한다. 그래서 청개구리는 동무들과 싸우는 행동, 말썽을 부리면 성장하지 않았나 생각이 든다. 예를 들어, 긍정적인 정서를 표현하고 상대적으로 분노나 슬픔을 적게 표현하는 아동은 많은 시간을 화내거나 슬프거나 변덕스럽게 행동하는 아동에 비해 교사나 타인에 의해 더 호의적으로 보이고 또래들과도 더 우호적인 관계를 맺는다. 사회적 유능성이 높은 아동은 쉽게 친구를 사귀고 또래 친구들과 긍정적인 관계를 맺는 사회적 기술을 보인다.

이처럼 환경적 사건들에 의해 정서적 및 행동적으로 반응하는 개인의 특징적 속성의 활동 수준, 자극, 민감성, 공포, 사회성과 같은 속성들을 포함하여 기질이라고 한다. 이 기질은 사람들이 성장하면서 성인의 성격을 형성하는 정서적, 행동적 기초로 여기는 것을 말한다. 부모님들께서 내 아이를 두고 말씀들

하신다.

"우리, 아이는 좀 까다로운 기질 아이예요. 순한 아이예요. 절 닮아 그런지 많이 느린 아이예요."라고 아이들의 기질을 말씀하신다. 이런 기질은 유전적, 환경적 영향, 문화적 영향을 받기 때문에 같은 또래라고 해서 똑같지는 않다. 아마도 청개구리는 까다로운 기질의 사회적 유능성이 떨어지는 개구리였지 않았을까? 생각한다.

놀이를 통해 또래와 긍정적인 관계를 형성하는 아이들

화가
났어요

'火(화)' 기본 의미는 불에서 나오는 뜨거운 기운으로,
못마땅하거나 언짢아서 생기는 노엽고 답답한 감정을
말하는데 우리 아이는 왜 화가 자주 날까?

영. 유아들에게 이런 화가 나는 요인은 다양한 발달 이론으로 학자들은 설명한다. 생물학적으로는 유전 및 신경학적 경로로 인한 원인이기도 하고, 인지적으로는 사회정보처리 및 자기조절 능력이 부족한 것이 원인이다. 또 환경적으로는 사회적 학습 및 강화 등이 화가 나는 요인이라고 학자들은 다양한 이론으로 영. 유아들의 화를 설명한다. 쉽게 표현하면 아이가 원하는 것을 얻지 못했을 때 찾아오는 불만족스러운 느낌이 아이들을 화나게 만드는 경우다. 더 나아가 깊이 있게 화를 설명하자면 정신질환과 연관된 분노 및 화도 있다. 이런 경우 ADHD, 자폐 스펙트럼, 강박증, 뚜렛 증후군 등과 연관될 수 있다.

앞서 이야기했던 환경적인 요인으로 사회적 학습 및 강화 등이 원인일 경우, 가정환경에서 학습되는 것이 부정적인 영향을 줄 수 있다. 가정에서 양육자가 아이에게 비일관적이고, 불규칙적이고, 강도 높은 훈육 방법으로 양육한다면 아이의 화에 악영향을 끼친다. 또, 아이를 양육하는 주 양육자가 자신의 부정적인 행동이나 감정을 조절하지 못하는 모습을 보면서 성장하는 아이들에게 화는 나쁜 영향을 끼칠 수 있다. 또한, 아이를 양육하면서 아이에게 부정적이고 강한 피드백을 계속한다면 아이의 화가 커질 수 있다.

열매반, 태근이 어머니께서 상담 오셨다. "태근이는 화가 너무 많아 걱정입니다. 외동아이고, 저희 부부가 늦둥이로 낳다 보니 애지중지 키웠습니다. 태근이가 원하는 게 있으면 거의 다 해주었습니다. 그러다 보니 이제는 태근이가 참을성도 없고 떼가 너무 늘어 걱정입니다. 태근이가 원하는 건 무조건 다 채워

주다 보니 그런 것 같아 죄책감이 듭니다"라고 말씀하셨다.

"으아~앙"

꽃잎 반에서 대성통곡을 하는 소리가 들린다.

원하는 것이 마음대로 되지 않아 떼를 쓴다.

아이를 보면 **부모가 보인다**

"선생님, 왜요?" "왜, 솔이가 이렇게 심하게 울어요?"

선생님께서 말씀하신다. '정리하고, 간식 먹자! 했더니, 저렇게 소리를 지르고 화를 내고 울어요.'라고 말씀을 하신다. 솔이는 자주 화를 내고, 어린이집이 떠나가라 있는 대로 악을 쓰며 울음으로 자기의 감정을 표현한다. 언어발달이 늦어 자기의 감정을 말로 표현하지 못하는 솔이다. 이렇게 대책 없이 화를 내고 우는 솔이를 대할 때 교사도 난감할 때가 많다. 이래서 그러니, 저래서 그러니, 솔이의 마음을 읽어 주고 솔이의 화를 알아차려 주기 위해 교사는 다양한 상황을 솔이에게 물어본다. 솔이가 화 난 원인을 찾으려고 교사는 의사소통이 되지 않는 솔이를 위해 노력을 한다. 옆에서 지켜보면 보육교사의 역할이 참으로 힘듦을 느낀다.

솔이에게 다가가 "간식이 맘에 안 들어? 그럼 치울까?" 하니 솔이는 대성통곡에 짜증만 낸다. 교사가 관찰한 결과, 필요 이상으로 화가 너무 많아 걱정이다. 그런 솔이를 무릎에 앉히고 물어본다.

"솔이가 왜 화가 났을까?" 말을 못 하니 상황을 잘 유추해서 솔이에게 이야기한다.

"어젯밤에 잠을 못 잤니? 동생이 으~앙 울어서 잠을 못 잤구나! 그래서 우리 솔이가 피곤해서 화가 났구나! 하자 대답 대신 솔이는 고개를 끄덕인다. 솔이는 4개월 전 동생이 생겼다. 혼자 부모님의 사랑을 독차지하다 어린이집 끝나고 하원하여 집에 돌아가면 동생이 항상 엄마 품에 있으니, 솔이는 화가 났다.

태근이와 솔이는 왜 화가 자주 났을까? 사람들은 살면서 다양한 감정을 느낀다. 화 또한 이러한 감정 중 하나이다. 그런데 이러한 감정을 어른들도 건강하게 표현하지 못하는 경우가 많다. 그러니 감정에 서툰 태근이와 솔이가 화를 내는 것은 놀라운 일이 아니다. 태근이와 솔이가 화 난 감정을 격하게 표현하고, 화가 나서 울며불며 난리를 치면 교사나 부모님 입장에 매우 난처할 수밖에 없다. 하지만 교사나 부모님이 아이의 발달을 이해하여 준다면 큰 문제가 아니다.

화가 난 감정을 느낄 때 우리는 화를 낸다. 그런데 화를 진정시키는 능력은 인간이 타고나지 못했다. 이렇게 화가 많은 자녀를 양육하면서 부모도 성인군자가 아닌 사람인지라 화가 머리 끝까지 날 경우가 많다. 불가피하게 화를 내게 되더라도 곧바로 마음의 평정을 찾도록 노력하는 것이 자녀와의 관계에서도 발전적이라고 할 수 있다. 아이들은 주변의 모든 것을 보고 모델링

하고 성장한다. 부모나 주변의 어른들, 또래들을 보고 모델링한다. 화가 날 때 참지도 말고, '욱'하고 갑자기 화를 내지 말아야 한다. 그냥 상황에 따라 적절하게 화를 표현하도록 한다. 그리고 화가 났다는 것을 얼른 알아차리고 자신에게도 혼자 말로 이야기를 해보고 아이에게도 "태근이가 화났구나!" "솔이가 화가 났구나!"

"지금 태근이가, 솔이는 뭐가 하고 싶어?" 하고 아이들이 지금의 감정이 화가 난 감정이라는 것을 알아차릴 수 있도록 마음을 읽어 주도록 하고, 아이에게 지금의 감정을 물으면서 의사 표현을 하고 스스로 선택을 할 수 있도록 한다. 만1~2세 아이들은 자신이 화가 났을 때 자신이 경험하고 있는 감정이 무엇인지 잘 알아차리지 못하고 그 감정을 무작정 자신이 자주 쓰던 방법으로 표출하게 된다. 특히 솔이처럼 자신이 화가 났다고 말할 수 없는 시기에는 자신이 화난 것을 표현하기 위해 무작정 큰 소리로 울음을 표출하고 때 쓰는 행동을 지속하게 된다. 아이들에게 슬픔, 분노, 두려움, 행복 등의 기본적인 감정을 알려주고 공감해 주는 어른들의 태도가 필요하다.

데니스 서코돌스키(Denis Sukhodolsky) 박사는 이렇게 말한다. 4세까지 아이가 일주일에 최대 9회 이러한 격한 감정의 표현을 하는 것은 정상이다. 이렇게 화가 난 상태에서 울기, 발로 차기,

발 구르기, 밀치거나 때리는 행동을 개인마다 차이가 있다. 약 5~10분 정도 지속하기도 한다. 그런데 이러한 행동은 점차 나이가 들면서 사라진다. 그런데 여기서 주목해야 할 것은 이러한 행동이 나아지지 않고 지속하면서 발달단계에 맞지 않는 문제행동을 보이고, 또래 관계에도 어려움을 겪는다면 앞서 말씀드렸던 정신질환과 연관된 분노 및 화일 경우가 있다. ADHD, 자폐 스펙트럼, 강박증, 뚜렛 증후군 등과 연관될 수도 있다. 정확한 원인을 알아보기 위해 소아정신과나 아동 상담을 받아 보는 것도 방법이다.

6.
우리 아이의
감성 지능

"신생아 영아들은 감성(정서) 지능이 있는가?"라고 누가 묻는다면 유아교육을 공부한 내 대답은 한마디로 '있다'라고 말씀드린다. 영아들의 정서 지능은 나이 든 성인이나 아동들과 같은 방식으로 행복, 슬픔, 공포, 분노와 같은 특정 정서를 아기들도 경험하고 표출한다. 아니 뱃속에서부터 생명 유지에 필요한 뇌인 뇌간이 완성되어 태어나기 때문에 태어나자마자 숨 쉬고, 젖도 빨고 체온 조절, 수면 조절 등을 한다. 그런데 신생아일 경우는 감정을 알고 조절하는 '감정의 뇌'는 아직 완전하게 발달하지 않았다. 그래서 아기가 엄마 배 안에 있다가 출산의 과정을 겪으며 세상으로 나오는 순간, 예전에는 알지 못했던 낯선 느낌을 경험하면서 울음으로 신호를 보낸다. 이러면서 아기들은 새로운 세상을 만나고, 새로운 감정을 만들어 간다. 이때 형성되는 새로운 감정이 긍정적이냐? 부정적이냐? 에 따라 아이에게는 세상은 참 믿을 만해 좋은 곳이야! 가 되고, 반대로 불안하고 두려운 세상이 되어 아이가 예민하게 새로운 것을 받아들일 때 불안한 마음을 표현한다. 그러니 아이가 밝고 믿을 만한 세상을 만날 수 있게 도와주는 것이 주 양육자, 주변의 어른들이다. 그러기 위해서는 아이들의 정서발달, 감성 지능에 대해서 이해해야 한다.

하아터와 화이트셀(Harter & Whitesell)은 1989년에 아이들의 개별정서들이 나타나는 나이를 다음과 같이 연구했다. 출생하고 나서는 기본정서로 만족, 혐오, 고통, 흥미의 정서를 느끼는데 이 정서에 영향을 주는 요인은 생물학적으로 이미 프로그램이 되어 있는 정서다. 그래서 신생아시기에 아기들은 모유나 분유를 먹으면서 양육자와의 눈 맞춤하고 양육자와 상호작용 하는 과정에 사회적 미소를 보이고 양육자가 자신들을 향해 긍정적인 모습을 보이면 기뻐하고 미소를 보인다. 그래서 이 시기에는 아기들이 좋아하는 것은 무엇이든지 계속해 주어야 한다.

아이들이 출생 후 약 2~7개월에 나타나는 정서는 신생아 시기와는 다른 기본정서다. 이때는 분노, 공포, 기쁨, 슬픔, 놀람의 정서를 배우게 되는데, 건강한 영아들에게 대략 같은 나이에 나타나고 모든 문화에서도 유사하게 나타난다. 이 정서는 약간의 인지적 발달이나 학습이 필요한 정서이기도 하다. 이때 부모님들은 너나 할 것 없이 아이가 뉘어있는 가까이에 모빌을 달아준다. 아이는 모빌의 움직임에 반응하면서 시각, 청각 등을 통해 배우는 정서이기도 하다. 그리고 소리 나는 놀잇감을 활용하여 학습하게 된다. 소리가 날 때와 나지 않을 때의 기분을 학습하는 정서로 2~4개월의 아기는 음악(소리)이 나오길 기대했는데 자기의 기대에 맞지 않으면 화를 내고, 4~6개월의 아기들은 슬퍼하는 정서를 느끼게 된다. 이후 12~24개월에 표출하는 정서는 당혹감, 부러움, 죄책감, 자부심, 수치심의 복합적이고, 자기 의식적인 자기 평가적인 정서를 표현한다. 이 정서는 기준이나 규칙에 반하는 활동을 평가하기 위해 자기 인식과 인지적 능력이 요구되는 정서다. 특히 이 시기에 하는 행동이 귀여워 주변 어른들이 가끔 실수하는 때가 있는데, 아이가 노래를 잘하거나 율동을 잘하면 칭찬과 더불어 손님이 오거나 타인들에게 자랑하고 싶어 아이의 의사와는 관계없이 재롱을 보여 주길 주문한다. 그러면서 아이들이 하는 행동 하나하나를 기록하여, SNS

에 올리느라 아이가 노래하거나 율동 하는 것을 반복하여 행동하게 하는 경우가 있다.

새싹반 알림장에 부모님께서 직접 촬영하신 동영상이 올려졌다. 만 1세는 어떤 행동을 취해도 이쁜 나이다. 아이를 키우면 누구나 알고 있는 동요 '곰 세 마리' 노래를 건영이가 부르는 영상을 찍어 올려 주셨다. 어머님은 노래를 완창하는 건영을 자랑하고 싶으셨다. 하지만 영상 속에 보이는 건영이는 몸을 비비꼬고 아빠 옆구리 안으로 자꾸 몸이 붙어 버린다. 이처럼 우리는 아이들이 새로운 모습을 보일 때 지나친 칭찬이나 낯선 사람에게 보여 주라는 어른들의 요구에 아이들은 자기의 지금 감정을 표현하지는 못하고 어른들이 시키니 그냥 한다. 이때 느끼는 정서가 아이들은 그 느낌이 당혹감이라는 정서를 알지 못한다. 하지만 그 느낌을 아이들은 몸을 비비 꼬고 아빠 옆구리에 붙어 당황하는 정서를 보이게 된다.

영유아 시기인 4~5세에는 부모의 영향을 많이 받아 자부심이나 죄책감, 수치심의 정서를 배운다. 열매 반 조작영역에서 놀이를 즐겨 하는 은솔이는 퍼즐 맞추기를 잘한다. 조각이 많은 퍼즐도 혼자서 잘 조립한다. 그런데 잘했다고, 교사가 칭찬해도 성취에 대한 자부심을 잘 보이지 않았다. 이유는 어머님과의 상담에서 알 수 있었다. 어머님은 아이의 행동이 실수하거나 부모님이 생각한 대로 수행하지 못할 때 그에 대해 비판을 보이시며, 부정적인 것을 강조하는 모습을 보여 주셨다. 그러다 보니 자신이 하고자 하는 것에서 실패에 대한 높은 수준의 수치심을 보였다. 어려운 퍼즐을 잘 맞출 때 칭찬하는 데에도 은솔이는 잘하는 것에 대한 자부심을 보이지 않았다. 은솔이와 반대로 나무반 아진이는 어떠한 것을 해도 성공에 대해 긍정적으로 반응한다. 그래서 아진이는 성취에 대한 더 많은 자부심으로 자랑을 여기저기 하기 위해 만나는 교사들을 불러 세워 자랑한다. 그러다 보니 아진이 는 자기가 생각해서 만든 블록이 제대로 모양이 나오지 않았는데도 크게 수치심을 보이지 않고 오히려 다시 하면 된다는 긍정적인 모습을 보인다.

수치심이나 죄책감의 감정도 부모의 영향을 많이 받는다. 아이들이 놀이 활동을 하는데 규칙 위반이나 다른 도덕적 위반을 할 때 죄책감이나 수치심, 혹은 둘 다 느끼게 만드는 잠재력이 있다. 부모가 이런 규칙 위반이나 도덕적 위반을 할 때 어떻게 반응하느냐에 따라 아이들은 죄책감이나 수치심 중 어느 것을 느낄지를 결정하게 된다. 아이가 잘못한 부분에 대하여 비하하면서 야단을 친다면 수치심을 느끼는 경향이 높다. 민지는 5살이다 아직 대, 소근육의 발달이 미숙한 상태이다. 그래서 컵에 우유나 물을 담아 줄 때 쏟는 경우가 발생한다. 그런데 이때 부모님께서 민지에게 이렇게 말씀을 하신다.

"민지야! 너는 왜 매일 뭐든지 주면 조심 안 하고 그렇게 쏟니?"

"그래서 식탁에 앉아 마시라고 했지?"

"엄마는 민지가 왜 그렇게 조심성이 없이 멍청하게 매번 그러는지 모르겠어!"

"네가 쏟았으니, 휴지 가져다 네가 닦아!"라고 이야기를 하면서 민지의 실수한 행동을 비난하고, 잘못된 행동을 강조함으로 민지는 수치심을 많이 느끼게 된다. 이럴 땐 민지에게 비난, 경멸, 조롱하는 감정 표현을 하면 안 된다. 쉽지는 않겠지만 부모님이 도를 닦는 기분으로 아이에게 차분하게 이야기해 주어야 민지는 감정을 표현하는 것을 배울 수 있다.

감정 표현이 어려우신 부모님께 팁을 드리자면 시중에 많은 감정 카드가 나와 있다. 아니, 인터넷을 뒤져도 다양한 감정의 단어들이 있다. 그 감정 단어 카드를 그냥 읽어 보는 것도 한 방법이다. 부모님이나 아이를 양육하는 양육자는 아이들의 생각을 끝까지 들어주고 아이의 감정을 최대한 이해하고자 노력하는 지지자라는 것을 아이에게 알려주자. 그리고 감정은 선택과 결정에 큰 영향을 미친다. 그러기에 사랑하는 우리 아이들의 감성 지능, 정서 지능, 감성 지수(EQ)를 높여 건강하게 성장해 상황에 맞는 적절한 행동을 할 수 있도록 하기 권한다.

명절이 다가오는 날 세배하는 것을 배우면서 선생님과 절 하는 아이들

7.
점점 잘 되는
아이

부모의 소망은 아이가 건강하게 성장하고 더불어 공부 잘해
성공하길 바란다.

"너 엄마가, 하지 말라고 했지?"

"너 때문에 엄마가 속상해 죽겠어."

"빨리, 식탁에 앉아 밥 먹지 못해?"

"엄마, 지금 시간 없어, 바쁘단 말이야."

이든반 교실 역할 영역에서 들리는 소리다. 인형에게 아영이
가 엄마가 되어 야단을 치고 있다. 영. 유아 시기에는 주변의 어
른이나 또래들의 말과 행동을 그대로 따라 하는 모방하는 시기

다. 가끔 부모님이 말씀하신다. 집에서 다솜이가 선생님 놀이를 하는지 선생님이 말씀하시는 것처럼 따라서 놀이를 한다고, 그럴 땐 가슴이 뜨끔 한다. 과연 다솜이가 집에서 어떤 놀이를, 어떤 말로 선생님 놀이를 했을까? 만2~3세 경우에는 주변의 일상생활을 모방하여 놀이한다. 아이들의 모방 놀이는 부모가 평소 어떻게 하느냐에 따라 아이에게 좋은 영향이나 나쁜 영향을 미칠 수가 있다. 왜냐면 아이는 아직 사고의 뇌가 제대로 발달하지 않아 옳고 그름을 판단하지 못하고 필터링 없이 있는 그대로 받아들인다. 그래서 아이는 부모나 주변 어른이 또는 또래들과의 놀이를 통해 자연스럽게 일상생활 중에 감정을 표현하고 조절하는 방법을 배운다.

아영이 어머니처럼 화가 날 때 큰소리로 혼내고 엉덩이라도 때린다면, 아영이는 '아. 화가 날 때는 큰 소리를 내고 때리는 거구나!' 하고 이해한다. 하지만 앞서 말씀드렸듯이 화가 나도 감정을 잘 가라앉히고 차분하게 이야기를 한다면 아영이는 감정을 조절하는 기술을 배우게 된다. 이처럼 부모나 교사는 아이에게는 살아 있는 교과서다. 아이들에게 부모나 교사가 일상생활에서 다른 사람을 대하는 모습을 보면서, 아이들은 그대로 모방하며 배운다.

'아이를 보면 부모가 보인다'라는 말을 들어 봤을 거다. 아영이처럼 아이들은 부모가 행동하는 작은 행동 하나에도 아이들에게는 본보기가 되고 그 행동을 그대로 답습한다. 어린이집에서 아이들을 관찰하고 부모님을 상담하다 보면 예의 바르고 조용한 아이의 부모님은 대부분 예의가 바르고 조용하시다. 반면에 또래 아이들과 싸움 잘하고 활발하고, 남의 일에 참견하기를 좋아하는 아이들을 보면 어김없이 부모님께서도 상대를 배려해 주는 마음 없이 어린이집 교직원들에게 자기의 감정을 있는 그대로 아무 말이나 툭툭 내뱉으신다. 부모는 한 가정을 이끌어 가는 등대와 같다. 아이들은 등대를 바라보고 성장한다. 저도 그렇고, 이 책을 읽는 부모님들도 어쩌다가 부모가 되었을 거다. 결혼하고 아이를 낳고 부모 역할 하면서 성장을 하게 되는 것 같다. 소중한 자녀를 잘 양육하여 좋은 성품과 올바른 습관을 길러주는 부모가 되어 점점 잘 되는 아이로 성장할 수 있도록 부모가 아이의 첫 스승이 되어 아이와 함께 노력하여 부모는 마음이 넉넉한 부모가 되고, 아이는 점점 잘되는 아이가 되길 바라는 마음이다.

마음이 넉넉한 부모 밑에서 아이는 점점 더 잘 되는 아이로 성장한다. 그러기 위해서 부모가 노력해야 할 세 가지와 실천할

건강하게 어린이집을 수료하고 유치원을 향해 출발~~

10가지를 소개해 드린다. 내 아이가 점점 더 잘 되는 아이가 되기를 바란다면 이렇게 실천해 보길 권한다.

첫째, 자신이 태어나서 자란 가족으로부터 정신적, 정서적 독립을 할 수 있도록 해야 한다. 그런데 우리나라 문화 특성상 쉽지 않다. 아이가 직업적으로 독립하지 않으면 서른 살이 되어도 부모에게 기대고 의존하거나 부모가 계속 아이가 성인이 되었는 데도 불편한 간섭이나 잔소리를 한다. 이런 식으로 부모와 자식 간에 의존이나 간섭이 계속된다면 가족 구성원의 정신적, 정서적, 경제적 독립은 어려워지고 열등감과 불화, 슬픔과 분노는 사라지지 않게 된다.

둘째, 자신에 대한 긍정적 인식을 하고 자신에 대해 좋은 감정을 가져야 가족이 행복하다. 그렇지 않으면 가족은 불행해진다. 한 아이의 부모로서 자신을 소중하게 생각하고 자신에 대한 긍정적인 인식은 좋은 신념을 갖게 되고 이러한 낙관적 사고를 자녀들이 배우게 된다. 그러다 보면 점점 내 아이는 더 잘 될 것이다.

셋째, 성숙한 부부관계가 되어야 한다. 부부간의 배려와 사랑이 자연스럽게 가족으로 전달되면 아이들도 보고 배운다. 아이들은 무력해서 모든 것을 부모에게 의지할 수밖에 없는 상태에 부모가 자주 다투는 모습을 보고 성장한다면, 아이는 공포와 불안, 두려움에 떨게 된다. 부모의 불행한 결혼 생활을 보고 자란 자녀들은 자신의 결혼 생활에 대해서도 긍정적이지 않다. 결혼 생활에 관해 비극적인 생각을 하게 되면서 비혼을 선언하기도 한다. 그리고 부모들의 잦은 다툼 속에 성장한 아이들은 불안정한 자아상을 갖게 된다. 아이가 성장하여 결혼 생활을 하

아이를 보면 **부모가 보인다**

게 될 경우, 이 아이는 의심과 두려움, 불안을 안고 살기 때문에 부부 사이의 상호관계에서 부정적인 생각을 하게 된다. 그러면서 각자 생각의 차이를 받아들이지 못하고 자신이 안고 있는 문제를 상대 배우자에게 투사하고, 방어하며 자신의 문제를 고치려고 하지 않고 끝내는 결혼 생활이 불행으로 이어지게 된다.

좋은 부모가 되어 내 아이가 나의 모습이 훗날 아이의 결혼 생활에 모델링이 되어 내 아이도 행복한 결혼 생활을 할 수 있도록, 부모인 내가 먼저 좋은 부모가 되어야 한다. 임상심리학자 토니 험프리스는(Tony Humphreys) 좋은 부모가 되기 위한 필요조건 10가지 제시하였다. 어렵겠지만 마음이 넉넉한 부모가 점점 잘 되는 아이를 만들 수 있기에 아래 제시한 조건들을 생각해 보고 부모가 된 사람이든 부모가 될 사람이든 이 물음에 자신 있게 답해보길 바란다.

첫째 : 자기 자신을 사랑하고 소중히 여기는가?

둘째 : 다른 사람을 조건 없이 사랑하고 소중하게 여길 수 있는가?

셋째 : 지금 여기에 집중할 수 있는가?

넷째 : 직접적이고 분명하게 소통할 줄 아는가?

다섯째: 자신은 물론 다른 사람의 감정에 반응하고 표현할 줄

아는가?

여섯째: 자신의 행동을 책임질 수 있는가?

일곱째: 아이들 스스로 자기 행동에 책임질 수 있도록 일관되고 긍정적인 방식으로 도와줄 수 있는가?

여덟째: 다른 사람의 체면을 살려 주고 추켜세울 줄 아는가?

아홉째: 골치 아픈 가족의 문제들을 피하지 않고 해결해 나갈 수 있는가?

열째: 자기 자신은 물론 배우자나 아이들의 타당한 요구들, 즉 정서적, 사회적, 교육적, 창조적, 영적, 물리적 욕구, 독립하고자 하는 욕구와 행동을 존중하고 채워 줄 수 있는가?

열 가지 조건들을 읽어 보면 참 부모 되기 힘들다고 생각할 거다. 하지만 부모들은 아이가 잘되고 성공하길 바란다. 성공하기 위해서는 아이가 처한 자기의 상황을 지혜롭게 해결하고 마음이 넉넉한 부모가 되어 아이를 억지로 밀고 나가기보다 물 흐르듯이 일상생활 속에서 자연스럽게 배우도록 함께 성장하는 부모가 되길 바란다. 위에 제시한 조건에 나는 자신 있게 답할 수 있는지? 나는 넉넉한 아이를 양육하기 위한 좋은 부모가 되기 위해 노력하는지! 스스로 어떤 점이 부족한지 깨닫는 마음을 가진다면, 내 아이는 점점 잘 되는 아이로 성장한다.

8.
행복한
아이

학교의 1등이 곧 사회의 1등?

"나는 행복합니다."

"정말 정말 행복합니다."

고등학교 시절 한참 중얼거렸던 〈나는 행복합니다〉 노래 가사다. 8090세대 부모님께서는 아시는지 모르겠지만, 가수 윤항기의 1980년대에 불러 히트했던 노래다. 나는 '행복'이라는 단어를 좋아한다. 행복(幸福, Happiness)은 사전에 이렇게 적혀있다. 심리적인 상태 및 이성적 경지 또는 자신이 원하는 욕구, 욕망이 충

교사가 산타복장을 하고 방문했는데도
산타크로스를 반기는 행복한 아이

족되어 만족하거나 즐거움과 여유로움을 느끼는 상태로 불안감
을 느끼지 않고 안심해 희망을 그리는 상태에서의 좋은 감정이
라고 한다.

사람들은 행복하게 살고 싶어한다. 그런데도 가수 윤향기 노래 '나는 행복합니다'처럼 행복하다고 말하는 사람을 만난 적이 별로 없다. 특히 요즘 코로나 19로 인해 세상이 더 각박해져 그런가 보다. 가까이에 있는 남편, 아들, 딸, 나를 봐도 그저 그냥 하루에 충실히 살고 있다. 행복이 무엇인지 생각할 겨를도 없이 현재 하는 일에 충실하게 살다 보니 이게 행복인지 의무감인지 알 수 없이 하루를 산다. 행복한 사람들이 모여 있는 곳이 따로 있는지 모르겠지만, '나는 행복합니다'라고 말하는 사람을 생각해 떠올려 봐도 딱히 떠오르는 사람이 없다. 내가 존경하는 작가 최인철 교수의 ≪굿 라이프≫에서 작가는 행복에 대한 새로운 단서를 던져 준다. 행복은 혼자 동떨어져 어딘가에 존재하는 고귀한 이데아가 아니라고, 행복은 우리의 수 없이 많은 작은 일상들이 모여 완성된다고 주장하신다. 그래서 행복과 관련해서 '소. 확. 행'이라는 말들을 자주 하는가 보다. 그렇다면 내가 느끼는 내 안에서의 행복은 아직 이거야 라고 찾지 못했지만 내가 매일 하는 일, 어린이집에서 나는 매일 '소. 확. 행'을 느끼면 살고 있다. 나의 일과를 생각해 보면 하루 중 10시간은 어린이집에서 아이들과 지낸다. 그런 하루 일상은 아주 다양한 일들의 연속이다. 그렇다 보니 아이들과 지내는 어린이집에서의 하루는 '소. 확. 행'의 연속이다.

만 1세 성우는 아직 언어가 서툴다. 그런데 자기가 원하는 놀잇감이 갖고 싶다는 표현을 할 때 나에게 와서 목을 자기 키 높이로 끌어당겨 매달린다. 누가 만지면 제일 기겁하는 옆구리, 남들이 말하는 핸들형처럼 생긴 살이 두둑한 옆구리를 끌어안는다. 성우는 해 맑은 얼굴로 내 손을 잡고, 어디론가 날 끌고 간다. 도착한 곳은 소리가 나는 구급차를 높이 올려놓은 곳이다. 그걸 내려달라는 신호를 보낸다. 언어로 표현 못 하는 성우의 애교에 행복감을 느끼면서 의자 위에 성큼 올라가, 성우가 요구하는 소리 나는 구급차 외 성우가 좋아하는 폴리 자동차를 내려준다. 성우는 이 순간, 행복의 사전적 해석에 따른 감정을 느끼고 있다. 심리적인 상태 및 이성적 경지 또는 자신이 원하는 욕구와 욕망이 충족되어 만족하거나 즐거움과 여유로움을 느끼는 상태다. 성우는 이 순간 불안감을 느끼지 않고, 이 순간 성우에게는 엔돌핀이 분비되어 건강하고 행복한 성우가 된다.

학자 셀리그먼과 심리학자 최인철 교수가 말하는 행복한 사람이란, 만족감과 몰입을 경험하면서 열심히 사는 사람이라고 했다. 1930년 하버드 대학교 재학생 268명과 천재 여성 90명을 베일런트(George E, Vaillant) 교수는 72년간 종단적 연구(연구대상의 특성이 시간에 따라 어떻게 변화하는지를 분석하는 연구 방법으로, 시간의 흐름에 따라 같은 대상자의 특징을 반복적으로 측정하고 그 측정치들의 변화 또는 그것들에 영향을 미치는 변인을 분석하는 연구)를 하였다. 연구에서 378명 중에 80세가 넘어까지 행복하고 성공적인 삶을 사는 사람들은 원만한 대인관계와 긍정적인 정서 상태를 가진 사람들이었다고 연구에서 밝혔다. 그런데 그들 중 가장 우수한 성적으로 졸업하여 행복한 삶을 사는 사람은 그다지 많지 않았다. 왜냐면 학교의 1등이 곧 사회의 1등이 아니라는 의미다. 결론은 대인관계의 능력과 긍정적으로 자기 마음을 관리하며, 충동심과 좌절감을 잘 극복하는 능력이 학교생활과 사회생활의 성공을 가늠하는 중요한 요인으로 작용한다는 것이다. 많은 연구 결과 현대 심리학에서 성공한 사람의 80%는 IQ 때문이 아니라 말씀드렸던 감성 지능 때문이라는 것이 연구 결과 밝혔다.

우리 아이가 행복한 아이가 되기 위한 감성 지능 발달에 나는 최선을 다했는지! 감성 지능 발달에는 부모와 주 양육자의 태도가 큰 영향을 미친다. 부모는 아이가 원하는 욕구와 욕망이 충족되게 양육했는지, 내 아이가 즐거워하는지, 두려워하는지에 대해서 민감해야 한다. 부모가 무관심하거나, 아이가 화가 나서 떼를 쓸 때, 아이가 화가 난 것 자체를 부모가 처벌하고, 화난 감정을 표현하지 못하도록 억압한다면 아이의 감성 지능은 어떻게 될까? 생각해 보기 바란다.

　내 아이가 행복한 아이가 되는 것을 모든 부모는 소망할 것이다. 그러기 위해서 부모는 가능하다면 어떠한 일이든 아이의 마음을 헤아려 주어야 한다. 그리고 질문을 던져야 한다. 그래서 아이들이 스스로 알아차릴 수 있도록 생각하는 능력을 기르도록 지도한다. 그러면 아이는 상대방의 감정도 헤아릴 줄 알게 되고 자신의 감정을 조절하며 문제를 잘 해결하는 능력이 발달한다. 그러면 내 아이는 행복한 아이가 되는 것이다. 그리고 부모가 일상생활 중에 즐겁게 생활하는 가운데 긍정적인 정서, 원만한 대인관계와 스스로 무언가 끊임없이 발전하는 삶의 자세를 보여 주도록 한다. 또한, 아이들이 충분히 놀 수 있도록 해야 한다. 뛰어노는 과정에서 타인에 대한 인지능력이 발달하고 놀이 중 갈등을 통하여 감정을 조절하는 법과 세상의 규칙을 배우게 된다. 그러다 보면 자연스럽게 내 아이는 행복한 아이로 성장한다.

제4장

부모는
스스로 성장해야 한다

1.
난! 드디어
엄마가 되었다

1992년 6월 서울 중랑구에 있는 산부인과에서 의사가 초음파를 검사한 결과, "태아가 없습니다."

"수술하셔야겠네요." 나에게 던진 말이었다. 나는 순간 '멍' 한 마음에 그냥 진료를 끝내고 아무것도 할 수 없이 집으로 돌아왔다. 눈물이 났다. 늦은 밤 시골에 계신 친정엄마께 전화했다.

"엄마"하고 불렀지만 어떻게 말을 꺼내야 할지 몰랐다.

"왜? 무슨 일이야?"

"응~?"

엄마, 목소리만 들어도 눈물이 흐른다.

"......"

"아기가 유산되었대"

"......"

엄마와 난, 할 말이 없었다. 그냥, 이 일을 어떻게 하지! 어떻게 해야 하지! 막막한 마음뿐이었다.

"엄마"

"응, 왜?"

"엄마"

"......"

"옆집 혜인 엄마가 충무로에 있는 제일 산부인과에 가보라고 하는데, 유명한 곳이라고 하는데"

내 말이 채 끝나기도 전에 엄마는 "알았어!" "지금 갈게"하고 전화를 끊으신다. 엄마는 그 밤에 기차를 타고 내가 있는 서울로 올라오셨다. 다음 날 엄마와 함께 충무로 제일 산부인과에서 진료를 받았다. 결과는? "아이가, 잘 있네요!" "축하드립니다."

나는 그 자리에 주저앉아, 울고 말았다. 이렇게 하여 나는 1993년 3월 나에게 가장 소중한 보물 1호를 만나게 되면서, 결혼 6년 만에 드디어 엄마가 되었다.

바다반 서희 어머님께서 첫 아이를 어린이집에 보내면서 엄마가 된 마음을 1학기 학부모 상담을 하시면서 첫 아이를 어린이집에 보내면서 엄마, 학부모가 된 벅찬 마음을 이야기해 주셨다.

"예전부터 나의 꿈은 단란한 가정을 이루는 것이었습니다. 그런 꿈이 있어 그랬는지 진짜 나에게 사랑이 빨리 찾아왔습니다. 나는 나의 꿈이 단란한 가정을 이루고 현모양처였기에 망설임도 없이 사랑하는 사람을 만나 결혼을 하였습니다. 결혼 1년이 지났습니다. 남편이 아이를 갖는 것에 관해 이야기한 적도 없고 나에게 압박을 가한 적도 없었는데, 그냥 나는 자연스럽게 엄마가 되었습니다. 먼저 결혼한 친구들이 육아가 힘들다고 이야기하는 것은 들었지만, 내가 직접 엄마가 되어 육아를 경험하니 너무 힘들었습니다. 1년 동안은 아이가 예쁜지도 모르고 지냈습니다. 그렇게 힘듦에도 불구하고 아이가 잠이 들어 새근새근 자는 모습을 볼 때는 너무 예뻤습니다. 아이와 하루하루를 보내면서 내 아기가 소중하고 예쁘기도 하였지만, 얼마 되지 않아 내가 엄마가 된 것과 육아의 힘듦은 어쩔 수 없이 나를 지치게 하였습니다. 이런 생각도 해보았습니다. 나는 너그럽지 못해 엄마 자격이 없는 건가? 아니면 나는 육아랑 맞지 않는 사람인가? 생각하면서 아이에게 미안하고 너무 괴로웠습니다. 이제 신혼이라면 신혼인데 알콩달콩 깨 볶는 냄새가 나야 하는 신혼집이 전쟁터가 되었습니다. 육아 전쟁이 시작되었던 것입니다. 나는 예쁜 카페에서 내가 좋아하는 커피를 마시고, 백화점에도 가고 싶었습니다. 그런데 나는 마음대로 나가지 못하고, 항상 24시간 아이와 함께해야 했습니다. 나는 창살 없는 감옥에 갇히게 된 것 같아 우울증이 온 것 같았습니다."

라고 서희 어머님은 서희를 낳고, 엄마가 되었을 때의 교차하는 마음을 털어놓으셨다. 엄마 됨의 벅차오름 속에 한편으로는 대부분 여성이 엄마가 되면서 출산 이후 겪는 가벼운 산후우울증을 서희 어머님도 겪으셨던 것 같다. 산후 우울증의 원인은 정확지는 않지만, 호르몬의 변화가 주요한 원인이라고 추측을 한다. 그리고 사람마다 차이가 있기는 하지만 산후 우울증의 증세로는 산모들이 수면 부족을 경험하거나, 서희 어머님처럼 엄마가 되면서 양육에 대한 불안감, 자아 정체감 위기, 삶에 대한 상실감 등을 경험하기도 한다. 그런데도 서희 어머님은 잘 견디고 육아가 아직도 힘들고 지치는데도 서희를 통해 행복을 얻고, 서희가 부부의 축복이라고 말씀하신다. 그러면서 씨~이익, 미소를 보이시면서, "저도 엄마예요."라고 하신다.

엄마라는 단어는 모든 자식의 여성 부모를 지칭한다.
"여성은 엄마다"
이 두 마디가 인류 역사이래 모든 문화에 통용되는 사실이

아이를 보면 **부모가 보인다**

다. 실제로 여성들 대부분 혼인을 하고 나면 엄마가 되기 때문이다. 그러나 모든 여성이 엄마 되길 원하지 않는다. 엄마가 되고 싶지 않고, 아이들이 싫어 출산을 피하려는 기혼 여성들도 있다는 것이다. 반면에 미혼인 방송인 사유리[41]는 결혼도 하지 않고 엄마가 되었다. 사유리씨는 '엄마되는 것'을 축복으로 받아들였다. 그래서 사유리씨는 일본의 한 정자은행에 보관되어 있던 이름 모를 남성의 정자를 기증받아 결혼하지 않은 상태에서 '자발적 비혼모'로 출산하였다. 사유리가 '자발적 비혼모'가 된 이유는 엄마가 되고 싶었는데, 산부인과에서 자연임신이 어렵고, 시험관 시술을 하더라도 성공확률이 높지 않다는 말에 "눈앞이 무너지고 죽고 싶은 생각을 하였다."라는 기사를 읽은 적이 있다. 결국 사유리가 엄마 되기를 결심한 이야기를 2020년 11월 조선일보 사회면을 통해 접했고, 이처럼 사유리도 나처럼 간절한 소망을 갖고 드디어 엄마가 되어 부모로 스스로 성장하려고 노력 중이다.

2.
왕초보!
부모 역할

나도, 서희 어머니도, 사유리도 더 많은 분이 조건 없이 크게 계산하지 않고 엄마 됨을 받아들이면서 한 가정을 꾸리면서 엄마가 되었다. 내가 첫 아이 임신하고 유산이라는 의사의 오진에 엄마에게 전화를 걸어 도움을 요청하였을 때, 나의 엄마도 그냥 조건 없이 그 밤에 야간열차를 타고 먼 길을 한걸음에 달려와 주셨다.

엄마도 사람이다. 가정에서 더 나아가 사회에서 인정받고 싶다. 서희 어머님처럼 자아 정체감을 찾고 싶고, 결혼 전에 인정받고 일했던 직업도 다시 갖고 싶다. 임신과 출산으로 망가진 몸을 예전처럼 유지하고 싶은 간절한 마음은 출산한 엄마들의 생각일 것이다. 엄마들은 자녀를 훌륭하게 길러 자신도 행복하고 자녀가 잘 성장하여 공부도 잘하는 것이 작은 소망이다. 더 나아가 직장도 좋은 직장을 갖고, 사회의 주역이 되길 소망하면서 자녀 양육에 온 힘을 쏟는다. 하지만 앞서 서희 어머님께서도 자녀 양육을 전쟁터로 표현하셨다. '육아 전쟁'의 시작이라고 말씀하셨듯이 자녀 양육은 엄마 개인 생활, 부부생활, 가정생활을 병행하면서 그 속에서 버텨내야 하는 하나의 투쟁(?)이다. 엄마는 전쟁 같은 육아와 투쟁을 하여 한 아이를, 한 가정을 행복하게 만들고자 고군분투를 하는 왕초보 전사다.

세찬이 어머님께서 우연히 임신이 되어 작년 5월 출산하셨다. 늦은 나이에 세찬이 출산과 직장, 가정 그리고 아이 양육을 하시면서 힘듦과 지친 마음을 상담 오셔서 털어놓으신다.

"세찬이 양육하면서, 가끔 한계점에 다다를 때가 있습니다."

"네, 아이들 수업하시고, 세찬이 양육하시기 많이 힘드시죠?"

"네, 많이 힘드네요. 내가 지금 잘하고 있는 걸까? 우리 아이가 잘 크고 있는 걸까? 세찬이를 늦은 나이에 양육하다 보니 새로운 고민과 선택을 할 때가 많았어요. 아이 양육은 부모의 몫이라고 생각하지만, 매번 선택하고, 올바른 선택을 했는지 의문 속에 실천해야 하니 어렵네요. 아이를 내가 낳았어도 내가 아이들 잘 모르니 힘이 드네요. 양육에 대한 정보는 인터넷을 뒤져따라 해보지만 많은 정보는 있지만 이게 맞는 건지 저게 맞는 건지, 모르겠더군요."

"네~ 그런 마음은 어머님만의 고민이 아닐 거예요. 자녀 양육을 하시면서 특히, 어린 영유아를 양육한다는 것은 보통 힘든 것이 아닙니다. 그래서 세찬이 또래 만 1세 부모님들이 하시는 말씀에 가장 많이 하시는 질문이요, 꼬맹이가 언제나 커요? 언제 말해요? 언제 말귀를 알아들어요? 라는 질문을 하시면서 부모 역할의 애로점을 말씀하십니다."

세찬이 어머니와 같은 고민을 다른 부모님들도 자녀들 양육에 대하여 부모 자신이 어떤 태도로 부모 역할을 해야 하는지 효과적인 자녀 양육 방법에 대하여 고민한다. 그러면서 부모님들이 나에게 맞는 방법인지도 모르면서 빠르게 답을 얻을 수 있기에 인터넷을 뒤져서라도 바람직한 부모 역할의 노하우를 배워 지혜로운 자녀 양육에 활용한다. 부모 역할의 창시자인 마이 클 팝킨(Micheal Popkin)은 '부모 역할이란 우리 자녀들이 생활하고 있는 사회 안에서 그들이 생존하고 번영하도록 보호하고 준비 시켜 주는 것을 목적으로 한다. 라고 부모 역할의 목적을 이야

세상을 높이서 바라보라고
아빠가 힘껏 아이를 안아올려 주신다.

기했다. 하지만 이 목적을 달성하기 위하여 자녀를 잘 양육하여 부모 역할을 잘하고 싶은 것이 대부분 부모의 마음이다. 하지만 사실 따로 배운 적이 없다.

부모 역할의 창시자인 팝킨(Michael H. Popkin)은 '부모 역할이란 우리 자녀들이 생활하고 있는 사회 안에서 그들이 생존하고 번영하도록 보호하고 준비시켜 주는 것을 목적으로 한다.'라고 이야기하면서 자녀가 사는 사회에서 그들이 행복하고 의미있는 삶을 살 수 있도록 보호하고 사랑으로 기르며, 올바른 성품과 능력을 길러주는 일체 행동이라고 말한다. 즉, 부모 역할의 목적은 자녀가 행복하고 의미 있는 삶을 살 수 있도록 보호하고 길러주는 것이라고 하면서 다섯 가지의 인성적 자질을 길러주어야 한다고 강조했다.

첫째, 책임감, 둘째, 자기 존중감, 아동의 자기 존중감은 오로지 어떤 성취를 통해서 솟아나는 것이 아니다. 아동이 소중한 사람들에게서 인정을 받는 것이 성취보다 훨씬 더 중요하다. 우리가 마음속 깊이 진정으로 원하는 것은 우리가 어떤 업적을 이루었기 때문에 받아들여지기보다는 있는 그대로의 모습대로 받아들여지는 것을 원한다. 이것이 바로 소속감을 느낀다는 의미다. 셋째, 적극적인 부모 역할과 자녀의 품성인 용기, 용기란 성

아이를 보면 **부모가 보인다**

공할 가능성이 크다는 것과 설령 실패한다고 하더라도 그런 위험을 감수할 만한 가치가 있다는 것을 알고서 그러한 위험을 감수하도록 동기화시켜 주는 자신감이다. 이는 우리가 두려워하지 않는다는 것이 아니라 두려움이 있음에도 불구하고 기꺼이 그 위험을 감수하려는 것이다. 만약 용기가 없다면 위험부담을 안고 노력하기 싫어서 한쪽에 비켜 앉아 있을 것이다. 넷째, 협동심, 다섯째, 존경심을 길러 줄 수 있도록 부모의 역할을 해야 한다고 강조하였다.

1단계로 부모 역할을 이해해야 한다. 부모 유형에 대한 비교와 자녀에게 선택권 주기 연습을 통해 적극적 부모 역할을 이해하도록 한다.

2단계는 용기와 자아존중감을 격려하기로 자녀의 용기와 자기존중감을 높이기 위한 격려의 방법에 관한 내용을 다룸

3단계로 자녀의 행동 이해하기 - 자녀의 행동목적 이해 행동목적에 대한 부모의 긍정적 접근방식과 부정적 접근방식

4단계 책임감 발달시키기 - 나 전달법, 논리적 결과 부여 등

5단계 협동심 기르기 - 공동의 목표를 가지고 함께 일함, 적극적 의사소통 필요

6단계 민주사회에서의 적극적 부모 - 민주적 부모 - 자녀 관계를 위해 가족 모임이나 가족회의를 정기적으로 갖는다.

왕초보 부모가 부모 역할을 잘하여 내 아이를 훌륭하게 길러내는 것은 부모 자신의 행복이기도 하다. 얼마나 가슴 뿌듯한 보람일까? 나도 예전에는 왕초보 부모 역할을 하였다. 주변의 도움도 받고 부모로 성장했다. 내가 이렇게 부모 역할을 잘 수행할 수 있었던 것은 엄마의 도움이 컸다. 엄마에게 감사를 드린다. 엄마가 없었다면 내가 좋은 엄마가 되는 건 힘들었을 거다.

부모는 아이들이 성장하는 것에 발맞춰 주어야 한다. 부모 또한 왕초보 부모 역할에서 벗어나기 위해서는 부모 스스로 성장해야 한다. 쉽지는 않겠지만 학자 팝킨(Popkin)이 강조한 인성적 자질을 길러주기 위해 나는 내 자녀에게 어떤 덕성을 심어주려고 노력하고 있는가? 되물어 본다.

3.
학부모가
처음이라

영아들은 한마디로 표현을 해보면 탐험가다.

영아들은 신체 오감을 사용하여, 보고, 듣고, 냄새 맡고, 만져보고 맛보며 배운다. 온 곳을 기어 다니고, 뒤뚱뒤뚱 안전하지 않은 채로 규칙을 정해 두었는데도 무시한 채 온 사방을 탐색한다. 영아들은 타인의 욕구와 권리에 대해서는 알지 못하고 신경도 쓰지 않는다. 그러니 8090세대의 부모는 어디로 튀질 모르는 꼬맹이들과의 사투를 육아 전쟁이라고 표현을 한다.

뽀로로에 나오는 패티를 닮은 서희는 감성이 풍부한 부모님 품에 자라서인지 3월 어린이집 입소해 처음 만났는데 몇 번 만난 아기인 듯 표정에는 매우 밝은 에너지가 가득하였다. 어머니와의 애착도 안정 애착이 형성되어 있었다. 적응 기간이 끝나고, 어머니와 떨어져 혼자만의 사회생활을 하는 첫 시간에도 불안함 없이 어린이집 생활에 잘 적응하였다. 옆 반 선생님이 서희에게 인사를 해도 낯을 가리지 않고 방긋 웃으며 다가와 안기고 마치 매일 본 사이처럼 거부감 없이 다가와 주었다. 다른 반 선생님이 서희에게 말을 걸어도 방긋 웃으며 애교를 부리기도 하고, 친구들과 놀이를 하다가도 음악 소리가 들리면 몸을 흔들며 춤을 추는 서희다. 서희를 어린이집에 보내시면서 어머님께서 1학기 상담 오셔서 그동안 마음에 담아 두셨던 이야기 주신다.

"제가 양육에 지쳐 있을 무렵 서희를 어린이집 보내기로 했습니다. 임신 육아 종합 포털 사이트를 통하여 어린이집 입소 신청을 하였는데 대기 번호가 15번이었습니다. 대기 순번으로 봐서는 입소를 포기해야만 하는 생각과 서희와 1년을 더 가정 보육을 해야 하는 건가 하는 생각에 침울하던 시간도 있었습니다.

시간이 지나면서 점점 입소 대기 순번이 짧아지고 있었습니다. 그때 순번은 5번이었습니다. 그런데 신학기 모집 기간이 끝

신입적응기간 엄마와 함께 적응하다.

났는데 연락이 없어 입소를 포기하고 있던, 3월 2일 갑자기 입소 희망 여부를 묻는 전화 연락이 왔습니다. 앞뒤 아무 생각도 하지 않고 바로 입소 가능하다고 했습니다. 이제, 드디어 육아에서 해방인가? 싶은 마음에 서희에게는 미안했지만 입소 소식에 복권이라도 당첨된 듯 기뻤습니다. 그러다가도 서희를 생각하면 문득 걱정스러운 마음이 들기도 했습니다.

서희가 저와 19개월을 매일 24시간, 나에 껌딱지로 붙어 있다 나와 떨어져 낯선 환경에 적응할까? 말도 못 하는데 서희 마음을 어떻게 표현하지? 선생님은 우리 서희가 요구하는 것을 알아들을 수 있을까? 오만 가지 생각과 어리둥절한 모습으로 어린이집에 있을 서희의 생각하니 걱정이 앞서, 기쁨도 잠시 고민이 되었습니다.

　매스컴에서 여길 틀어도 저길 틀어도 연이어 나오는 아동학대 뉴스를 접해서인지? 오만가지 상상을 다 하였습니다. 어린이집 입소를 하면서 아동학대 부분이 제일 걱정이었습니다. 내 눈에 보이질 않으니 답답함은 말로 표현할 수 없었습니다. 그러나 어린이집에 제가 직접 와서 서희와 적응 기간 1주일 넘게 갖고, 원장님과 담임선생님들을 뵙고 나니 걱정이 말끔히 사라졌습니다. 아이들을 진심으로 예뻐해 주시고 소중히 아껴주시는 것이 진심으로 와 닿았습니다. 더욱이 서희가 울지 않고 어린이집 적응을 해 주니 제가 걱정하였던 것을 눈으로 직접 확인하고 안심하고 보내면서 저는 학부모가 되었습니다.

　학부모가 되면서 처음으로 어린이집을 구경하게 되었습니다. 노란색 기린이 그려진 문을 열고 들어서니 연 분홍색 벽지에 아이들의 눈높이에 촉감 놀이 기구와 아이들이 흥미를 자극해 줄 교실 환경이 신기했습니다. 제가 매일 뉴스에서만 접해, 걱정하고 있던 어린이집 분위기가 아니었습니다. 서희와 함께 1주일 넘게 어린이집에서 적응 기간을 보냈습니다. 적응 기간 관찰을 하였는데 집에서 제가 정성들여 만든 것보다 더 맛있는 반찬과 간식들이 다양하게 잘 나왔습니다. 거기에 서희가 잘 먹는 걸 보니 매우 만족하게 되었습니다.

저와 비슷한 처지에 있는 학부모님들께 걱정하지 말라고 이야기해 주고 싶었습니다. 그리고 제가 감동하였던 것은? 입소한 첫날 '잎새반 부모님' 안내문을 받았을 때, 내가 정말 학부모구나! 하는 마음에 설레기도 하면서 내가 처음 하는 학부모 역할을 잘 할 수 있을까? 라는 걱정이 앞섰습니다. 서희의 인생에서 부모는 내 아이의 보호자이고 인생에서 가장 중요한 역할인데, 누군가가 학교 선생님처럼 그 역할에 대해 상세히 알려주지 않아서 더 어려운 역할이 부모이었습니다. 그런 역할을 이제는 어린이집 선생님과 서희를 같이 양육하면서, 학부모가 처음이라 부족한 부분이 많습니다. 그런데 이제는 어린이집과 함께 성장하는 학부모가 되겠습니다."라고 말씀을 하셨다.

서희 어머님께서 학부모가 처음이시라면서 어린이집 적응 기간 경험을 말씀해 주시는데 오히려 내가 많은 감동이었다. 작지만 또 한 분과 동맹을 맺고 한 아이를 성장시킬 수 있다는 것에 감사를 드렸다.

4.
공부하는 부모가
똑똑한 아이를 만든다

훈육과 처벌은 같은 것인가?

부모님들이 훈육과 처벌에 대하여 혼동하시는 때가 있다. 훈육은 국어사전에 '품성이나 도덕 따위를 가르쳐 기름'이라고 쓰여 있다. 그럼 처벌은? 찾아보니 '죄나 잘못이 있는 사람에게 벌을 줌'이라고 정의를 내린다. 이처럼 훈육과 처벌은 다른 뜻의 내용을 내포하고 있다. 내가 유아교육학을 전공하기 전 나도 아이를 양육할 때 보상과 처벌을 자주 사용하였다. 그런데 이런 양육 방법에서 내 아이가 무엇을 배우는지 생각하지 못하고 내가 하는 것이 옳은 방법이라 생각하면서 부모 역할을 하였다. 처벌에 대하여 잠시 살펴보면 이렇다. 부모들이 아이에게 주로 사용하는 위협하기, 소리 지르기와 억누르기가 처벌이라고 할 수 있다. 그런데 부모가 소리 지르기를 사용하여 아이를 처벌하는 경우, 아이들은 그때만 말을 듣는 경향이 생긴다. 또, 자주 사용하는 처벌로 아이들의 특권을 일시적으로 빼앗거나 엉덩이를 때리는 체벌을 사용한다. 나도 아들이 중. 고등학교 때 게임을 조절하고 학교 성적을 높여야 한다는 내 욕심에 아들이 좋아하는 게임을 못 하게 하거나 핸드폰을 일시 정지시키거나 청소년 아이들이 제일 싫어하는 행동을 하지 말아야 하는데, 부모라는 이유로 청소년들의 특권을 일시적으로 빼앗기 처벌을 자주 사용하였다. 그때는 그렇게 아들에게 하는 나의 행동이 처벌이라기보다 나는 훈육이었다고 생각, 아니 나의 행동을 부모로 마땅히 해도 된다고 합리화를 하였다. 그런데 생각해 보니 아들에게 빼앗은 특권은 아들이 잘못한 것과는 아무런 관계가 없는 것이었다. 이때 아들은 분노, 권위에 대한 적개심 외 아무것도 배울 수 없다는 것을 난 진정 모르고 아이를 양육하였다.

사랑반에 있는 태근이는 3살이다. 이 시기의 영아들은 모든 것들을 입에 넣고 깨무는 행동을 보이는 것은 흔히 볼 수 있는 행동이다. 그런데 태근이는 또래 친구보다 깨무는 행동이 자주 발생하여 물려가는 친구들이 많다 보니 어린이집 입장이나 태근이 부모님의 마음, 물려가는 아이들 부모님의 마음 등 매우 곤란한 상황이 자주 발생한다. 태근이의 무는 행동은 성장하면 자연스럽게 없어지는 행동이다. 그런데 태근이 무는 행동은 지나치게 자주 발생하니 이제는 자연스러운 현상이라고 보기보다는 무슨 문제가 있을까? 라는 마음으로 태근이를 관찰한다.

여기서 아이들이 무는 행동을 보이는 이유를 살펴보면 이렇다. 이 시기의 아이들은 부모님과의 분리불안을 크게 느낀다. 그리고 낯선 환경에서의 적응, 모든 것이 자기중심적으로 세상이 돌아가기에 자기 마음에 들지 않게 되면 무조건 무는 공격적인 행동으로 표현을 한다. 그리고 이 시기의 아이들은 아직 언어표현이 서툴다. 그러다 보니 자기의 감정을 표현하려고 하는데 제대로 빨리 되지 않는다. 그러다 보니 자기가 갖고 있던 것을 놀잇감을 또래에게 빼앗기거나 자기가 놀이하는 영역을 침범당했다고 불편함, 불안감을 느낄 때, 자기방어를 하기 위해 무는 행동하게 된다. 또한, 부모나 양육자, 교사들에게 관심을 받기 위해 무는 행동을 하기도 한다.

내 아래 동생이 3살 손주를 돌보고 있다. 그런데 어깨에 아주 빨갛게 상처가 있어 물어보았다. 손주가 할머니 어깨를 물었다고 한다. 이때 할머니는 손주가 귀여워 웃으면서 반응을 보였다면 손주의 이런 행동은 강화가 되어 관심을 받고 싶은 순간 무는 행동을 계속하게 될 것이다. 여기서 아이의 이런 행동이 관찰될 때는 단호하게 이야기하고 태근이나 동생 손주처럼 부적절한 강화가 이루어지지 않도록 대처를 해야 한다.

그렇다면 아이를 어떻게 훈육을 하면 될까? 과연 이렇게 세상이 중심이 자기인 이 시기의 아이에게 훈육할 수 있을까?

훈육은 일회성이나 말이나 행동이 아니라 아이들이 성장하면서 배워야 할 일련의 과정이라고 할 수 있다. 그러기에 훈육하는 방법을 배우고 배운 그 훈육을 실천한 다음, 훈육의 결과에서 다시 배우는 2가지 과정을 거쳐야 하는 긴 시간이 걸린다. 그런데 우리 부모들은 단번에 훈육이 이루어진다고 착각하고 있다. 자녀 훈육에 도움이 되는 긍정적이고도 존중에 바탕을 둔 기본 훈육법을 알려드린다. 하지만 이 훈육법은 부모에 따라 효율적인 훈육이 될 수도 있고 그렇지 않을 수도 있다. 또한, 훈육 방식을 선택할 때는 자녀 나이, 발달단계를 고려해 훈육하는 것이 효과가 있다.

첫 번째, 주의를 다른 데로 돌리는 훈육을 한다. 돌이 막 지난 태희가 보육실 한쪽 구석에 있는 휴지통을 향해 돌진한다. 교사는 단호하게 "태희야"하고 불렀다. 태희는 멈춰 교사를 쳐다본다. 교사는 태희를 따뜻한 태도로 안아 올려 다른 놀잇감이 있는 곳으로 안내한다. 이처럼 아이들의 주의를 다른 데로 돌려서 위험한 상황을 피할 수 있도록 알려주는 것이다. 교사나, 양육자는 위험한 상황을 다른 것에 집중하게 하면서 따뜻한 태도를 유지해야 한다.

두 번째, 아이들의 잘못된 행동을 무시하는 훈육을 한다. 새싹반에 있는 민지는 목이 말라 물을 마시고 싶어한다. 교사는 민지에게 무엇을 원할 때는 "주세요"라고 이야기를 하던가, 아직 언어가 되지 않은 영아에게 베이비 싸인으로 두 손을 포개어 '주세요' 행동을 알려준다. 그런데 민지는 교사에게 "줘"라고 말을 하면서 칭얼거린다. 이때 교사는 민지에게 물을 주지 않고 이유를 말해준다. 그랬더니 교사에게 "물, 주세요."라고 말을 한다. 교사는 "그래, 민지가 물이 마시고 싶었구나!", "민지가, 목이 말라 씩씩하게 선생님께 물 달라고 부탁을 했구나!"하면서 잠시 민지의 잘못된 행동을 무시했다. 어쩜, 부모님들이 보셨을 때는 아동학대가 아니야? 하고 걱정을 하실 거다. 하지만 교사는 민지를 대할 때 화난 표정과 태도를 보이지 않고, 언제든지 민지가 올바른 행동을 하면 들어 줄게 하면서 평온한 표정과 태도로 하던 활동에 집중하는 거다. 부모님들도 교사와 같이 인내심을 갖고 실천해 본다면 자녀들이 떼쓰거나 칭얼거리거나 달콤한 젤리를 달라고 조르거나 무례한 행동과 같은 문제행동을 보인다면 그 행동을 교정하는 데 효과가 있다. 하지만 중요한 것 한가지는 무시해서는 안 되는 행동이 있다. 아이들이 누군가를 다치게 하거나 자신을 다치게 하는 행동을 할 때는 무시해서는 안 된다.

세 번째, 자녀의 훈육 시 일관성을 유지하는 것이다. 아이들의 행동이 언제, 어디에서 일어나든 일관성 있는 방식으로 아이에게 훈육해야 한다. 아들이 네 살 되던 해의 일이다. 가족과 함께 백화점 쇼핑을 하게 되었다. 백화점이나 마트에 갈 때 출발하기 전에 미리 이야기해 둔다.

"인성아, 오늘은 장난감 사러 가는 것이 아니냐. 내일 집에 손님이 오셔서 필요한 물건을 사러 가는 거야." 말해주었다. 그렇지만, 막상 장난감이 진열된 곳을 인성이는 그냥 지나치지 않는다. 장난감이 즐비하고 쭉 진열된 진열장을 몇 번 왔다 갔다

아이를 보면 **부모가 보인다**

살피더니 TV 광고에 나왔던 장난감 앞에 멈추어 서더니 사달라고 졸라대기 시작하였다. 나는 인성이 손을 잡아끌고 내가 백화점에 온 목적을 완수하려 하는데 인성이는 계속 떼를 쓰면 사람들이 있든 말든 관심 없이 울어댄다. 난, 창피하기도 하였다. 그때는 그것이 일관성이었는지 몰랐지만, 나도 고집이 있는 엄마인데 하면서 인성이에게 이야기했다.

"인성이가, 계속 떼를 쓰고 있어서 엄마도 물건 사지 않고 집에 갈 거야." 하니 인성이는 더욱 소리를 높여 떼를 부렸다. 하지만 나도 고집이 있던 터라, 최대한 화를 내지 않고 감정을 유지하면서 인성이에게 말했다.

"인성이가 백화점 쇼핑을 하지 않고 집으로 돌아가기로 마음먹은 것 같아, 엄마는 이제 집으로 돌아갈 거야."라고 말하면서 쇼핑을 중단하고 집으로 왔다.

이처럼 저와 같은 일들을 몇 번씩을 겪으셨을 거다. 백화점뿐만 아니라 음식점에서도 문제가 될 수 있다. 부모들이 먼저 실행을 두려워한다. 하지만 불가능하고 힘은 들겠지만 잘못된 행동을 할 때는 그 자리에서 행동을 수정하도록 한다. 아이나 부모나 모두 불쾌한 경험을 하지만 아이들에게 한계를 알려주는 경험이 될 거다. 이때 훈육을 하는 부모나 교사는 평온하고 다정하나 확고한 태도를 한다면 아이들은 부모가 한계를 일관성 있게 시행하는 태도를 보고 존중하게 될 것이다. 아이들에게 한계를 알려주는 것은 하루아침에 되지 않는 것을 명심하고, 여러 해에 걸쳐 계속되는 일련의 과정이라는 것을 명심하시기 바란다. 그러나 훈육이 아이들에게 적용해서 다 이루어지지 않을 수 있다. 아이들은 개인마다 자신의 독자적인 의지가 있다. 그래서 항상 부모나 양육자의 뜻대로 행동하는 것은 아니라는 것이다. 이때 교사나 양육자나 부모들은 자신의 탓이라고 생각하지 말아야 한다. 또한, 아이들은 그들 나름대로 자신의 마음을 가지고 있다. 부모나 교사 양육자가 원하는 대로 항상 행동하지 않는다는 것이다. 명심해야 한다. 한 가지 더, 아이를 대하는 어른들이 너무 많은 말을 한다면 아이들은 귀를 닫아 버린다.

어떻든 결과적으로 아이들에게

"난 너의 행동이 잘못이라고 생각하지만 난 변함없이 너를 사랑해."

라고 느낄 수 있도록 한다.

그래서 공부하는 부모가 똑똑한 아이를 만드는 것이다.

5.
아이는
부모의 '거울'

집에서 잘 교육받은 아이는 어디서나 환영받는 사람이
된다. 그래서 아이는 부모의 거울이라고 한다.

　부모는 내 아이에게 많은 영향을 줄 수 있다. 요즘 코로나
19로 사람들이 많은 스트레스를 느끼고 있다. 가정을 책임지는
부모 중 돈과 직장, 기타 여러 가지 문제로 많은 스트레스를 받
고 있다. 거기에다 집에 돌아와 쉬고 싶은데 아이들이 놀아달라
고, 시끄럽게 조르거나 다투기라도 하면 직장에서 받은 스트레
스가 아이들에게로 화살이 돌아온다. 조용히 하라고 소리 지르

거나 야단을 친다. 그리고 나면 아이들은 높은 소리를 내며 운다. 이러다 보니 스트레스 상황에 놓인 부모님들은 부모의 역할 수행에 있어 장애가 되는 경우가 많다.

스트레스를 극복하지 못하고 스트레스에 끌려다니다 보면 부모와 자녀와의 관계가 악화 가능성이 크다. 부모님께 권해드리자면, 스트레스가 심하다고 느끼면 한 걸음 물러서서 심호흡하고 부모님께 어떤 것이 지금 가장 중요한지를 생각하고 스트레스와 싸워 이겨낼 수 있다는 자신감을 가지면 좋겠다.

부모 역할을 하기가 여간 힘들지 않다는 걸 안다. 하지만 이제는 스트레스와 싸워 이기는 힘이 조금 생겼다. 옛날 어르신들이 하시는 말 중에 "다, 내려놓으면 돼"라는 말이 이제는 조금 공감이 가니 말이다. 그런데 영. 유아를 기르시는 부모님은 말도 안 통하는 영아들과 지내다 보면 하루 중 스트레스를 받는 시간이 많을 것이다. 거기에 요즘에는 외동아이나 시대가 변해서 그런지 유난히 독불장군 유형 아이들이 많아지고 있다. 요즘 아이들은 자기 뜻대로 되지 않으면 조금도 참지 못하고 떼를 쓰거나 울음보를 터트린다. 그때마다 부모님들은 달래주고, 기분 맞춰주고 맞벌이를 하시는 부모님 중 오랜 시간 아이들에게 잘

못 해주고 함께 있어 주지 못한 미안함에 아이들이 원하는 것을 무조건 사 주는 선물 공세를 펼치면서 아이들에게 쩔쩔매는 부모님들이 계신다. 그러다 보니 아이들은 더더욱 기고만장해지고, 여기에 스마트기기가 아이들이 떼쓰는 데 영향을 미친다. 이렇게 성장한 아이는 나중에 자기밖에 모르는 이기주의자가 될 가능성이 크다.

내가 활용한 스트레스 완화 방법을 잠깐 소개를 드리면, 먼저 15초 동안 심호흡을 하고, 숨을 들이쉬면서 일명, 복식호흡이다.

"진정" 내쉬면서 "하자."를 반복하면서 심호흡을 해 본다. 그리고, "괜찮아", "괜찮아질 거야."라고 긍정적인 말을 자신에게 들려준다. 또는 자신을 있는 그대로 받아들이고 매일 시간을 내어 자신의 장점을 생각해 본다.

"난 능력이 있어!", "난 가치가 있어!", "난 스스로 결정할 수 있어!"와 같은 격려를 자신에게 해 준다. 마지막으로 일기를 쓰길 권한다. 스트레스 유발상황에 대해서 간단하게 내가 어떤 행동을 했는지, 스트레스가 발생하였을 때 어떻게 잘 대처했는지 스스로 기록하고 평가를 하는 습관을 들이면 조금이나마 스트레스가 완화될 수 있다. 일기라고 하니 거창하게 생각하면 부담이 되어 쓰기가 쉽지 않다. 무조건, 한 줄 쓰기도 좋고, 세 줄 일기도 좋다. 매일매일 같은 분량의 일기를 써 보면 많은 도움이 될 것이다. 그리고 일기를 쓰는 부모님께서 일기를 통하여 경험담이 모이면, 육아 경험을 책으로 출간을 할 수도 있을 것이다.

아이들이 말을 하기 시작하면서 대부분 쉽게 배우는 말이 있다.

"싫어", "안 할 거야"라는 말을 어떻게 그리 빨리 배우는지! 그런데 아이 중에 아직 그 말의 내용을 잘 이해가 되지 않은 상황에서 아이들은 하고 싶고, 좋은데도 '싫어'를 한다. 이럴 땐 생각해 보면 아이들의 부모님이나 가까이에 있는 주변인들이 주로 잘 사용하는 말일 것이다. 아이는 부모의 거울이라고 한다. 현명한 부모님이라면 스트레스 상황을 잘 이겨내는 모습과. 아이들에게 '안 돼'라고 말하는 것보다. '아니요' 대신에 '예'라고 말하는 방법을 찾기 바란다.

아이들은 성장하면서 자신들이 경험한 것을 바탕으로 자신들의 신념체계를 형성한다. 예를 들어 자녀를 큰소리로 야단을 치거나 아이를 비하는 말로 아이 자존감에 상처 주는 말을 한다. 그러면 아이는 자신이 '나쁘다'라고 믿기 시작한다. 또, 어떤

아이를 보면 **부모가 보인다**

엄마가 집안 청소를 하는 모습을 보고
모델링으로 따라하는 지호

부모님들은 자녀에게 이렇게 말해준다.

"넌 할 수 있어", "난 널 사랑해"라고 말한다면 아이는 성장
하면서 자신이 가치 있다고 믿기 시작한다. 이처럼 신념이란? 어

떤 생각이나 사상을 굳게 믿으면 그것을 실현하는 의지를 말하는 것으로, 아이들은 믿는 대로 성장을 하게 된다. 그러니 내 아이가 긍정적인 신념을 형성할 수 있도록 돕기 위해 부모는 영향력을 발휘할 수 있다. 부모는 내 아이가 긍정적인 행동 패턴을 발달시키도록 지도할 수 있다. 그러기 위해서 부모가 먼저 모든 행동을 보이고 자녀의 이야기에 귀 기울이고 자녀를 존중하며 이해하는 반응을 보이면 아이들은 그 부모님의 행동을 보면서 긍정적인 아이로 성장을 한다. 그런데 무조건 긍정도, 사랑도 때로는 해로울 때가 있다. 공공장소에서 남에게 피해를 주거나 떼를 쓸 때는 따끔하게 혼을 내주면서 어릴 때부터 옳고 그른 것을 명확히 가르치는 것은 중요하다. 가정에서 부모님이나 어른께 잘 교육 받고 자라는 아이는 어느 곳에서나 환영받고, 반듯하게 성장하게 될 것이다. 만약 우리 아이가 유난히 고집이 세고 또래들과 자주 부딪힘이 있거나 적응을 하는데 힘들어 보이면 부모님의 양육 방법을 한 번 점검해 보시길 권한다. 아이의 잘못된 행동은 양육자의 잘못이기도 하기 때문이다. 아이를 키우면서 많이 들어 보셨을 거다. 처음부터 잘못된 아이는 없다. 아이는 부모의 '거울'이기 때문이다.

6.
부모도
싸운다

부모의 갈등은 자녀의 행복과 능력에 심각한 영향을 미친다.

　부부간의 갈등과 불화는 다양한 요인들이 있다. 가족 상담을 하다 보니 다양한 갈등으로 상담을 오시는 경우가 있다. 그 중에서 일상생활에서 오는 문제, 대화 방법 문제, 성격 문제가 가장 많다. 이 외에 경제문제, 자녀 문제, 시댁 처가 문제 등도 부부 갈등의 원인으로 작용한다.

　부부 갈등의 특징으로는 남편과 아내의 의견이나 욕구가 서로 맞지 않아 부딪히고 해결이 곤란한 상태가 될 때 느끼는 것이 부부 갈등의 특징이다. 부부는 사랑하는 관계이지만 지속적인 친밀한 접촉을 하는 과정에서 각자의 가치관이나 사고방식, 느낌, 행동이 서로 일치하지 않음을 경험하고 서로의 단점을 발견하게 될 때 발생한다.

부부 갈등 자체는 긴장을 유발하고 흔히 부정적인 것으로 보이고, 나 또한 부부의 갈등이 좋지 않다고 생각한다. 그래서 부모 상담 시 되도록 아이들 앞에서는 부부싸움을 하지 않기를 권한다. 하지만 살다 보면 남남이 만나 한 가정을 이루었는데 갈등이 없이 산다는 것은 참 쉽지 않다. 오늘도 남편과의 갈등이 생겼다. 주말이라 가족이 다 모인 시간인데, 남편이 돈 이야기를 꺼낸다. 돈벌이를 못 하는 아들은 기가 팍 죽어 자리를 피하고 그나마 직장생활을 하느라 타지에 있다가 주말이라 쉬러 온 딸은 일찌감치 떠날 차비를 한다.

부부들의 갈등의 원인을 들어 보면 '성격의 차이'가 부부 갈등을 일으킨다고 한다. 그런데 성격 차이를 정확히 표현해 보자면 이렇다. 부부란 서로 상호 보완하는 기능을 하는 효율적인 관계를 맺어야 하는데, 그렇지 못한 부부들에게 갈등이 시작되

아이를 보면 **부모가 보인다**

면서 부정적 관계가 되는 것이다. 또 한 가지, 부부들 간의 비합리적 사고방식이나 비현실적 기대, 고정된 성 역할 관념 등에 의해 발생하는 경우가 많다.

　우리 부부도 벌써 결혼 33년 차이지만 경제적인 면, 독선적인 면, 과도한 책임감으로 인한 부부의 갈등을 자주 경험하고 있다. 또한, 사람은 변하지 않는 것을, 나도 변하지 않았다고 남편은 생각하겠지만, 내가 본 남편도 나이가 들어가면서 예전에 시아버지께서 시어머님께 하던 태도로 나를 대하는 것이 보인다. 젊어서는 몰랐던 것이 이제 육십이 되어가니 남편의 성격이 보인다. 부부들이 나와 같은 착각, 콩깍지가 쓰여 배우자와 결혼을 선택하였을 것이다. 하루라도 함께 있고, 한 시간이라도 같이 있고 싶어, 결혼을 선택한다. 둘이 궁합이 찰떡이라는 착각 속에 결혼한다. 사랑해서 결혼하고 아이도 낳고 그러니 부부는 의견이 일치해야 한다는 생각과 남편은 언제나 강하고 유능하며 가정을 경제적으로나 아내를 충분히 보살펴야 하고, 남편은 내가 자신의 말을 잘 듣고, 헌신적이어야 하고 다소곳한 현모양처이기를 원한다. 그리고 서로 문제행동이 발생하면 원래 나쁜 성품이 잠재되어 있었고, 가정교육을 제대로 못 받아서 그래! 하면서 문제의 원인을 배우자의 나쁜 의도와 무책임, 무성의에 있다고 생각하면서 부부 갈등은 시작된다.

　내가 공부하지 않고, 오직 가정과 아이들 양육에만 전념하며 지내던 시절, 행복이라는 것과는 거리가 먼 삶이었다. 그때는 부부 갈등이 자녀들에게 큰 영향을 미친다고 생각할 겨를도 없이 치열하게 싸우기도 했다. 지금 생각하면 후회가 된다. 아들이 중학교 2학년 무렵 경제적인 문제와 남편과 나의 생각 차이로 남편과 치열하게 싸웠다. 거기에 시어머니와 한 지붕 아래에서의 삶은 마냥 행복한 가정의 삶은 아니었다. 우는 아들을 달래주며, 안정시키고 미안하다고 토닥이는데 아들은 몸을 많이 떨고 있었다. 참 미안했다. 그 순간 아들은 얼마나 큰 공포에 떨었을까? 생각하면 지금도 미안하다. 그런데 아들과 딸에게 그때는 제대로 설명할 능력도 없었고, 아이들에게 부부 갈등에 관해 발생한 원인이 무엇이며, 왜 그래야만 했는지 아들과 딸에게 제대로 사과도, 이유도 말을 해주지 못하였다.

　나는 부모로 부족함이 많다고 느끼고 열심히 스스로 배우려고 노력을 했다. 그러다 보니 부부싸움의 방법도 달라지고, 자신이 성장하고 있다는 것도 알게 되면서 아이들에게 부부 갈등을 이해시키고 또 험악하게 싸움을 보이는 일은 줄어들었다.

아이를 보면 **부모가 보인다**

남남이 몇십 년을 따로 살다 만나 살다 보면 피할 수 없는 갈등이 많을 것이다. 부모도 싸운다는 것을 자녀들이 볼 수도 있다. 그러나 부부싸움의 방식과 부부 갈등에 대처하는 자세는 자녀의 건강과 행복에 큰 영향을 미친다는 것을 명심하시기 바란다. 연구자들의 부부 갈등 연구에서 보면 부모의 갈등은 우울증, 불안, 불복종, 공격성, 청소년 비행, 낮은 자존감, 반사회적 행동, 수면장애, 학습장애와 사회적 능력 결여, 심지어 건강 문제에 이르기까지 자녀들에게 일어날 수 있는 모든 문제를 증가시킬 위험이 크다고 연구자들이 이야길 한다.

어떻든 부부싸움은 성장하는 자녀들에게는 '행복한 습관'을 보여 주는 것은 아니다. 살다 보면 피할 수 없는 갈등도 수없이 많을 것이다. 하지만 부부 모두는 꼭 기억하길 바란다. 부모의 싸움은 자녀의 행복과 능력에 심각한 악영향을 미친다는 것을, 또한 임신 중에 부부싸움은 아직 태어나지 않은 태아까지 큰 영향을 미칠 수 있다는 것을 명심해야 한다. 학자 앨리슨 사피로 (Alyson Shapiro)는 임신 중 부부가 싸움을 하게 되면 태아에게 미치는 영향 중 집중력과 관련된 태아의 능력이 현저하게 저하될 수 있다는 연구 결과를 발표하기도 했다. 다행히 연구 결과 이렇게 저하된 능력은 부부의 노력으로 회복 가능하다고 한다.

부부 상담가들은 부부 갈등을 원만하게 해결하면 부부 상호 간 이해에 도움이 되고 오히려 활기와 역동적 자극을 주어 개인의 발전을 위한 개발 관계의 결속과 성장을 촉진시키는 긍정적 효과가 있다고 한다. 그러기에 부부싸움을 하더라도 감정이 격해져, 가능하지는 않겠지만 긍정적인 방법으로 싸워야겠다는 마음이 들지 않는다면 이 점은 기억하고 부부싸움을 하기 바란다. 부모가 싸우는 모습은 나중에 아이가 십 대가 되었을 때 부모와 싸우는 모습과 똑같을 것이다. 아이가 성장하면서 어떤 갈등 상황에 놓였을 때 화부터 낸다면, 그 자녀 역시 우리 부부의 모습을 보고 성장한 것이라는 것을 잊지 말아야 한다. 쉽지 않겠지만 배웠다면 실천을 하는 마음으로 건설적인 방법으로 문제를 해결하는 모습을 자녀에게 보여 준다면, 자녀도 부모의 모습을 따라 할 것이다. 부부싸움을 하더라도 부모들이 스스로 성장한 모습을 갖고 부부 갈등을 해결한다면 우리 아이가 행복한 아이로, 갈등도 원만하게 해결할 수 있는 아이로 성장하지 않을까 한다.

아이를 보면 **부모가 보인다**

7.
부모의 자존감이
아이로 향한다

어린이집에서 아이들을 보면 자신의 감정을 잘 표현하는 친구가 있는 반면에 자기의 감정 표현을 하지 못하고 말을 할 수 있으면서도 무조건 울면서 교사가 말하는 이야기도 제대로 듣지 못하는 아이들이 있다. 이런 경우를 보면 가정에서 부모님들이 감정 표현에 인색한 경우가 많다.

지난 주말에 조카가 3살 아들을 데리고 놀러 왔다. 가족들이 밥을 먹고 있는데 호섭이는 기분이 좋았다는 표현으로 현관에 있는 자기 신발을 들고 와 던졌다. 하필이면 밥을 먹는 밥그릇에 신발이 '뚝' 떨어졌다. 내가 또 유아교육을 하는 선생님이니 그냥 보고 넘길 수 없었기에 한마디를 했다.

"호섭아!", "신발을 던지면 안 되는 거야!"하고 아이에게 이야기했다. 호섭이가 시무룩한 표정을 짓고 입을 삐죽거린다. 이 모습을 본 엄마가 호섭이에게 이렇게 말한다.

"괜찮아!", "호섭이, 이모할머니가 말해서 삐졌어? 놀랐구나!", "엄마는 괜찮아"라고 말하면서 잘못한 행동에 대하여 호섭이에게 제대로 알려주지 않고 자기 자식을 야단을 쳤다는 생각으로 나에게 서운한 감정 표현을 하는 것이다. 이건 아니었다. 엄마는 호섭이에게 정확한 상황을 설명해주고 지금 엄마의 마음을 솔직히 표현해 주어야 했었다. 내가 호섭이에게 한 말에 호섭이 엄마는 화가 나서 먹던 밥을 싱크대에 버린다. 호섭이 엄마의 그런 행동은 나에게 왜? 자기 아들을 야단치냐? 라는 지금 감정이 나쁘다는 것을 표현하고, 호섭이에게는 아주 착한 엄마, 모든 것을 수용해 주는 엄마, 지금 엄마는 화나지 않았어! 라는 표정을 한다. 과연 호섭이 엄마처럼 감정을 통제하지 못하는 부모일수록 그런 자신의 모습이 싫어서 감정을 극도로 억제하는 경향을 보인다. 마치 가면을 쓴 것처럼 감정을 숨기고 관심 없는 척, 호섭이에게는 아무런 동요도 없는 척 호섭이 엄마는 자신의 감정을 아이에게 제대로 표현하지 않고 숨긴다. 하지만 연구 결과에 따르면 감정을 제대로 표현하지 않는 부모님 밑에서 성장한 아이는 그렇지 않은 아이보다 감정을 다스리는 능력이 훨씬 떨어진다는 연구 결과가 있다. 여기서 호섭이 엄마가 감정을 통제하지 못하는 부모라는 것은 아니다. 감정을 아무렇게나 표현하는 것이 아니라, 자신의 감정을 인지하고 그것을 솔직하게 아이 앞에서 시인한다는 것이다. 호섭이가 한 행동에 대해 엄마는 "호섭아!", "이렇게 밥상으로 신발을 던져, 엄마는 지금 화났어."

이처럼 자신의 감정을 인지하여 호섭이에게 정확하게 표현해 주어야 한다. 아이가 혼날 만한 행동을 했을 때는 혼내고, 화를 낼 만한 행동을 했을 때는 화를 내고, 말썽을 부려 속상한 감정을 표현하는 것은 잘못된 것이 아니다. 그런데 감정을 표현할 때 아이를 존중하고 대화를 통해 아이 입장에 그럴 수 있겠다는 것을 공감하고, 적절하게 표현하는 방법을 알려주면 아이는 오히려 부모를 신뢰하고 존중하며 따르게 된다.

정글탐험 체험활동

아이들은 출생부터 6세까지 자기 가치에 관한 신념을 발달시킨다. 이때 부모는 자녀에게 신뢰하고 존중하는 태도를 보여 줌으로써 자녀에게 자기의 가치를 길러줄 수 있게 된다. 특히 영.

아이를 보면 **부모가 보인다**

유아 시기에는 자기 가치를 알려줄 중요한 시기이다. 그러나 부모님들이 어떻게 해야 하는지 어려워한다. 자녀들의 자아존중감을 길러 주는 방법은 부모가 자신을 존중하고 자녀를 존중하는 마음으로 대하는 거다. 부모 스스로가 자아존중감을 형성하는 데는 몇 가지 방법들이 있는데 한번 실천해 보기 바란다.

첫째, 자신만의 흥미와 목표를 계발한다.

둘째, 자신이 잘하는 것이 무엇인지 찾아서 배워라.

셋째, 자신과 타인에 대해 긍정적으로 생각하라.

넷째, 부모 역할을 함에 있어 실수는 일어날 수 있다. 실수하더라도 자녀는 잘 자랄 것이다. 라는 신념을 갖는다.

다섯째, 자신만을 위한 시간을 갖는다.

여섯째, 부모로서 자기 자신으로 가치가 있다는 사실을 기억한다.

이 여섯 가지 방법을 활용하여 부모 자신을 존중해야 한다. 아이들은 태어나면서부터 타인을 존중하는 마음을 보이지 않는다. 발달을 보더라도 영. 유아 시기에는 자기중심적인 것이 영유아들이다. 그런데 아이들은 부모의 존중하는 태도를 보고 언젠가는 존중하는 마음을 배우게 된다. 존중을 가르치는 것은 아무리 일찍 시작해도 빠르지 않다는 것을 부모님은 명심해야 한다.

존중과 마찬가지로 영. 유아들에게 어려서부터 자아존중감 형성하며 자라도록 격려할 수 있다. 자녀에게 부모의 격려를 받으며 성장함으로 소속감과 더불어 다른 사람에게 받아들여지고 있다는 감정과 자신은 강하고 유능하다는 감정, 그리고 사랑받고 있다는 감정을 느끼게 해준다. 격려를 받은 아이는 성장하고 발전하면서 새로운 것을 배우며 시도할 용기를 갖게 된다. 격려를 습관화하기 위해 부모는 노력해야 한다. 그러기 위해 부모는 아이를 사랑하고 있는 그대로 받아들여 자신에게 완벽함을 기대하지 않는다는 것과 그대로 자신을 사랑하고 소중히 여긴다는 것을 아이들이 깨닫도록 한다. 그리고 아이들에게 신뢰를 보여 주는 대화를 하도록 한다. 예를 들어 "호섭아! 어서 해봐. 호섭이는 혼자서 공을 잘 잡을 수 있어." 또는 "성현이는 혼자서 신발을 신는 것을 배우고 있구나."처럼 작은 행동 하나라도 아이가 발전한 것을 찾아 인정해 주는 기술을 부모는 익혀야 한다. 그러다 보면 아이들은 부모가 자신을 신뢰해 주는 것을 통해 자신을 신뢰하는 법을 배우게 된다. 이렇게 하다 보면 아이들은 긍정적인 신념을 형성하고 강한 자아존중감을 기르게 된다. 자아존중감은 아이들에게 인생을 살아가는데 잘 살아갈 수 있도록 준비를 하도록 도와주며 문제를 성공적으로 해결할 수 있도록 돕게 된다. 여기서 잠깐! 자아존중감이란? 무엇인지 살펴보면 이렇다. 자아존중감이란, 자기가 속한 소속감을 바탕으로 하여 자신에 대해 믿는 신념이다.

"나는 다른 사람에게 받아들여지고 있다."
"나는 강하고 유능하다."
"나는 사랑받고 있다."
라고 생각하는 자아 존중감은 사실 아이들뿐만 아니라 성인 모두에게도 중요한 것이다.

부모 스스로 자신을 격려하며, 스스로 존중하고, 격려하는 부모 밑에서 성장하는 자녀들 또한 사랑받고, 수용 받고, 존중받고, 가치를 형성하고 느끼면서 어떤 문제라도 성공적으로 해결할 수 있게 된다.

8.
당신은
좋은 부모입니다

부모가 된다는 것은 즐거움과 도전의 연속이다.

나에게 지금까지의 삶 중 가장 큰 행복과 설렘을 주었던 일
은 부모가 되었다는 것이다. 나에게 주어진 행복을 지키기 위하
여 설렘을 오래 간직하기 위해 나는 바른 부모 역할을 하려고
노력을 하고 있다. 부모 역할이 얼마나 어려운지 아직도 깨닫고
아직도 공부하고 있으니 그만큼 부모가 되는 길은 쉬운 일이 아
니라는 것이다.

아이를 보면 **부모가 보인다**

내 아이가 나의 자녀로 오기까지는 50억 개의 정자세포 중 유일하게 경쟁에서 이겨, 나에게 온 아주 귀한 아이라는 것이다. 이 아이는 나와의 인연을 맺기 위해 치열하게 헤엄쳐 49억 개의 세포를 사멸시키고 1등으로 골인하여 자기 자리를 찾아 나의 몸 속에 안착하였다. 그렇게 내 뱃속에서 266일을 함께 하고, 출산이라는 고통을 서로 이겨내어 세상에 빛을 보게 된 진짜 금쪽같은 내 새끼다.

첫 아이의 출생과 함께 새로운 세계가 열리는 것은 아기가 태어나는 순간 부모의 생활도 패턴도 변한다. 초음파 사진으로만 만났던 아이와 첫눈에 진한 사랑에 빠져 평생 변치 않겠다고 맹세를 하며 일생에 걸친 관계를 우리는 시작한다. 새로운 한 생명의 탄생으로 부모는 전혀 새로운 역할을 부여받아 수행하면서 모든 것이 달라진 생활이 시작된다.

특히 아이가 성장하는 영. 유아 기간에는 아기에게는 가장 빠르고, 가장 극적인 변화가 일어나는 시기이다. 이에 맞춰 부모도 부단히 새로운 환경에 적응해 가기 위해 노력을 한다. 아이가 밤, 낮을 바꾸어 잠투정할 때면 울고 싶은 심정이지만 어느새 잠투정이 줄어든다. 이제는 잠을 잘 수 있구나! 생각하는 순간 아이는 또 다른 모습을 보인다. 아이들은 주말에 더 일찍 일어나 나의 새벽잠을 깨우고 하루의 생활 리듬을 깨드려 버린다.

부모는 자녀의 처음이자 가장 큰 영향을 미치는 스승이라는

할아버지와 함께 냇가에서 자연을 체험한다.

아이를 보면 **부모가 보인다**

것을 알고 있어야 한다. 그래서 앞서 부모는 자녀의 거울이라고 하였듯이 부모는 자녀의 끊임없는 변화에 자녀가 올바른 성향으로 성장할 수 있도록 자녀의 훌륭한 모델링이 되어야 한다. 그래서 부모는 좋은 부모가 되기 위해 배우기에 노력한다. 아이가 울면 부모는 밤이든 낮이든 달래준다. 이 과정에서 아이는 자신이 가치 있게 여겨진다는 것을 배우게 되고 내 아이는 사람들을 신뢰하는 방법을 배우기 시작하는 것이다. 아이를 데리고 마트에 갔을 때 종종 일어나는 사건이다. 아이는 마음에 드는 물건 앞에서 그 물건을 쟁취하기 위해 떼를 쓴다. 아이는 내가 주변에 창피하거나 말거나 발버둥 치고 때 쓰면서 자기의 욕구를 채우려고 할 때 부모는 아이를 잘 설득해 데리고 나간다. 아이는 이때 부모가 자기를 데리고 나가는 과정에서 한계라는 것을 배우게 된다. 제법 성장해 유아기가 되었을 무렵 아이들은 세발자전거에서 탈피해 유아용 자전거 운전을 배운다. 이때 부모는 아이에게 자전거의 방향 조절을 어떻게 하는지, 어떻게 중심을 잡아야 하는지 가르쳐 주는 과정에서 아이는 문제해결 하는 기술을 배우게 된다.

　부모 역할 하기는 다양한 배움과 실천의 연속이다. 나는 원래 좋은 부모의 성향을 가지고 있다고 자부한다. 다만 내가 금쪽같은 내 새끼를 사랑하는 마음이 너무 커 사랑이 아닌 집착을 하게 되어 가끔 좋은 부모 역할수행을 인식하지 못하고 있다는 것이 문제이다. 부모는 자기가 알고 있는 것에 대해서는 온갖 관심과 애정을 다 쏟으며 잘못되지 않도록 온갖 정성을 기울여 내 아이를 양육한다. 반면에 자기가 잘 모르는 것에 대해서는 그것이 어떻게 되든 말든 크게 관심을 보이지 않으며 함부로 대하는 속성이 있는 게 인간이다. 그런데 이러한 사실이 금쪽같은 내 새끼에게도 적용을 한다는 것이다.

부모가 자녀에 대해 잘 알고 있을 때 그 아이가 더욱 사랑스럽다. 내 아이가 가진 문제까지도 자녀 입장으로 생각하고 진정한 도움을 줄 수 있다. 내 자녀에 대해 잘 모르고 있다면 자녀보다는 부모 입장으로 그 문제를 바라보고 해결하려 한다. 그러다 보니 오히려 문제는 더 꼬여만 가고 자녀와의 관계만 나빠지게 될 수 있다.

부모가 자녀를 잘 알고 이해하여 서로 신뢰하고 행복하며 좋은 관계를 유지하기 위해 부모는 배워야 한다. 좋은 부모가 되기 위해 자녀를 잘 알고 이해하는 방법을 소개한다.

첫째, 부모는 내 아이의 발달을 이해하여 내 아이가 어떻게 성장하고 행동하는가를 이해하고 내 아이를 격려하는 기술에 숙달한다. 그리고 자녀의 말을 잘 듣고 대화를 나눌 방법을 발견한다. 또한, 효율적이고 긍정적인 훈육 방법을 습득하도록 한다.

둘째, 영유아의 행동을 이해하도록 한다. 아이들이 받아들여지고 있다는 느낌, 내 아이들은 가족, 친구, 학교와 같은 집단에 소속되기 위한 신념을 갖는다는 것을 알고 가치를 배운다. 부모가 자기 자신은 물론 자녀와 다른 사람들을 존중하고 가치 있다고 여길 때, 아이들은 상호존중을 배우게 되는 것이다.

셋째, 영유아의 자아존중감을 키워주도록 한다.

넷째, 영유아의 말에 귀 기울이고 대화를 해야 한다. 부모는 내 아이의 느낌에 귀 기울이고 말로 표현해 줌으로써 내 아이에게 존중을 가르칠 수 있다. 그러기 위해서는 내 아이에게 느낌을 표현하는 어휘를 많이 알아 자신의 느낌을 정확하게 말할 수 있도록 도와준다.

다섯째, 영유아가 협력을 배우도록 부모는 도와야 한다. 걸음마기 아이들은 독립적인 성향이 강하며 동시에 한계도 배우게 된다. 아이가 걸음마기 초반일 때에는 부모가 대부분 문제를 소유하고 자녀 또한 부모의 양육과 보호에 의존한다. 하지만 언제까지 부모가 해결해 줄 수 있을까? 부모는 자녀 스스로 할 수 있는 것은 직접 경험해 보도록 기회를 주는 것이 좋다. 아이들은 자신이 원하는 바를 부모가 소중히 여겨준다고 느낄 때 더 협력하는 것을 배우게 되는 것이다.

여섯째, 영. 유아를 훈육하기다. 훈육과 처벌은 의미가 다른 것을 부모는 명심해야 한다. 훈육과 처벌에서 결과는 어떻든 간에 내 아이에게 "난, 너의 행동은 잘못이라고 행각 하지만, 난 변함없이 너를 사랑해."라고 아이가 느낄 수 있도록 해야 한다. 영. 유아들은 그들 자신의 마음을 가지고 있다는 것을 잊지 말고 부모가 원하는 대로 항상 내 자녀가 행동하지는 않는다는 것을 알아야 할 것이다.

일곱째, 영. 유아의 사회적, 정서적 발달을 위해 부모의 도움이 절실히 필요하다. 어쩌면 정서적 발달은 어머니의 태중에 있었을 때부터 형성이 되었을 것이다.

부모 역할에 대하여 노력하는 여러분은 "나는 좋은 부모다."라고 자부하셔도 된다. 위의 일곱 가지 기술을 잘 이해한다면 당신도 좋은 부모이다. 좋은 부모 역할이란 기쁨과 만족을 주는 즐거운 도전임을 부모들은 느끼게 될 것이다.

제5장

엄마만 모르는
우리 아이 모습

1.
자폐 스펙트럼을
조심하라

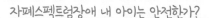

자폐스펙트럼장애 내 아이는 안전한가?

자폐스펙트럼장애는 아이가 태어나서 초기 3년 이전인 생애 초기에 발생하며, 빈약한 사회성 발달을 보이거나 언어발달이 결함과 융통성 없는 행동으로 특징지어지는 심각한 발달 장애를 말한다. 또한, 사회적 상호작용, 의사소통에서의 장애, 상상력 및 아동기의 붕괴성 장애, 레트 장애. 자폐 장애, 아스퍼거 장애, 미분류된 전반적 발달 장애 아동을 포함하며, 제한적, 반복적, 상동적, 행동의 세 가지 손상을 공유하는 다양한 장애의 유사성을 포함하는 것을 자폐 스펙트럼 장애라고 분류를 한다.

　자폐성 장애와 공통된 특성을 보이지만 지적장애를 동반하지는 않는 아스퍼거 장애를 지닌 아동들의 지능은 지적 결함 수준에서 매우 우수한 수준까지 다양하며, 기능검사에서 일반적으로 어휘력, 기계적인 청각적 기억 등의 언어영역에서 비교적 높은 항목 점수를 보이고, 비언어 영역인 시각- 운동기술, 시각-공간 기술에서는 어려움을 보이는 경향이 있다.

　자폐 스펙트럼 장애의 원인은 이렇다. 자폐 스펙트럼 장애의 아동들은 뇌의 기능 이상이다. 변연계와 측두엽, 전두엽 및 그와 연관된 영역으로 자폐 스펙트럼 장애의 주요 이상을 보이는 뇌를 구성하고 있다. 변연계에 속하는 편도체는 많은 연구에서 자폐스펙트럼장애가 있는 아동의 사회적 인지, 과제수행 시 기능을 활발하게 발휘하지 못하는 것이 관찰되었다. 또 다른 자폐 스펙트럼 장애의 원인인 유전적인 요인과 특정 독소로 인한 원인으로 볼 수 있다. 이는 엄마 배 속에 있는 태아시기에 엄마가 전염병인 풍진 감염이 되는 경우 자폐증을 보일 가능성이 증가한다는 연구 결과가 있다. 또는 임신 중인 산모의 발작이 일어날 때 복용하는 약물로 인하여 자폐 스펙트럼 장애의 발생과 관련이 있다. 또한, 쉽게 접하면서 먹는 음식물에 의해 자폐 스펙트럼 장애의 원인이 발생 될 수 있는데, 글루텐과 카세인과 같은 음식물의 주된 요인이 유전적 소인으로 변형되어 자폐스펙트럼장애를 보인다는 주장도 있다. 이러한 요소들을 식단에서 제거하면 의사소통, 사회성, 독립적 기능 수행에서 향상을 가져올 수 있다는 긍정적인 연구 결과도 있다.

준식이는 3세 후반 다른 지역에서 이사 오면서 입소를 하게 되었다. 준식이가 어린이집에서의 활동할 때 특징을 살펴보면 전혀 교사나 또래들과 의사소통이 이루어지지 않았다. 자폐스펙트럼장애 아동들의 의사소통 능력은 개인마다 매우 다양하게 나타나지만 대부분 구어 발달이 지체되거나 완전히 결여를 보일 수도 있고 높은 수준의 언어표현을 보일 수도 있다. 그러나 준식이는 구어 사용의 현저한 결함을 보이면서 몸짓과 같은 의사소통의 대체 형태를 사용하려는 시도도 제대로 하지 않았다. 그냥 자기의 의사 표현은 원하는 것이 있으면 손을 끌고 가 손가락으로 알려주면서 원하는 것을 획득하는 의사소통을 사용하였다. 이처럼 준식이는 사회적 상호작용의 핵심은 눈 응시 또한 되지 않았다. 자폐 스펙트럼 장애 아동들은 다른 사람으로부터 얻은 정보를 심각하게 생략하거나 생애 초기부터 공동주의 집중의 결여를 보인다. 준식이 또한 사회적 사회 작용이 전혀 되지 않았다.

자폐스펙트럼장애의 사회적 정서적 상호성의 결함 및 그에 따른 아동들의 행동 특성을 진단 기준상의 결함으로 나누어 살펴보면 이렇다.

사회적 상호작용을 조절하기 위한 비 구어적 행동의 사용에 있어서 결함을 보이는 경우 나타나는 행동 특성은 눈 맞춤이나 응시 행동에 있어서 문제를 보이고, 대화 중 몸짓을 거의 사용하지 않는다. 표정을 거의 사용하지 않거나 이상하게 사용을 하고, 독특한 억양이나 음성을 사용한다. 번갈아 말하기가 안 되고 관심사에 대한 공유가 안 된다. 비언어적 의사소통의 결핍으로 시선 접촉이나 표정과 몸짓으로 의사소통이 이루어지지 않는다. 그리고 관계의 시작과 유지가 어려움이 있다. 그리고 나이에 적절한 또래 관계 형성 실패의 결함을 보인다. 행동 특성은 친구가 없거나 매우 적은 경우가 있고, 자기보다 나이가 많거나 적은 아동 또는 가족 구성원과만 관계 형성을 한다. 그리고 특별한 관심을 근거로 관계를 형성하고, 집단 상황에서 상호작용하는 데 어려움을 보이며, 게임의 협동적인 규칙을 지키기 어려워하며, 다른 사람들과 즐거움, 성취 또는 관심을 나누지 않는 결함을 보이는 아동의 행동 특성은 자신이 좋아하는 활동, TV 프로그램, 놀잇감만을 즐기고 다른 사람들과 나누려고 하지 않는다. 그리고 활동이나 관심이나 성취에 대한 다른 사람의 관심을 요구하지 않는다. 또한, 칭찬에 거의 관심을 보이지 않거나 반응하지 않는 행동 특성을 보인다. 그리고 자폐 스펙트럼 상에 있는 아이들의 사회적 또는 정서적 상호성 결여의 결함으로 나타나는 행동 특성은, 다른 사람에게 반응하지 않아 꼭 청각장애가 있는 것처럼 보인다. 그리고 다른 사람의 존재를 염두에 두지 않고 의식하지 않는다. 또한, 다른 사람이 다치거나 흥분할 때 관심을 보이지 않으며 위로도 하지 않는 모습을 보인다.

자폐스펙트럼장애의 행동 특성에 따른 구체적인 행동의 예시를 보면 준식이도 많은 부분 해당이 되고 있었다. 부모님께서 어떻게 준식이를 양육해야 할지 잘 모르고 계셨다. 첫 아이고 부모 또한 주변의 아이와 비교하지도 않으셨기에 내 아들이 좀 늦게 성장하는 거라고만 생각하셨다. 준식이가 보이는 제한된 반복적 행동과 준식이는 관심을 두고 있는 활동으로 상동적인 행동이나 놀잇감에 집착을 보여 친구들이 갖고 있으면 그걸 무조건 달려가 빼앗아 온다. 그리고 준식이의 행동은 매우 제한되고 고착된 흥미를 보였다. 준식이는 자폐 스펙트럼선 상에 놓여 있는 것으로 보여 부모님께 더 늦기 전에 정확한 검사를 받아 보시길 권해드렸다. 5세가 될 무렵 준식이는 장애 통합 어린이집에 입소하였다고 한다.

최근 TV 프로그램에 연기자 오윤아가 자폐 스펙트럼을 앓고 있는 아들과 함께 출현하면서 자폐 스펙트럼 장애에 대하여 많이들 알고 계신다. 태어나서 초기 3년 내 아이의 건강을 잘 살펴보면서 다양한 교육과 지원을 통하여 사회 안으로 복귀시켜 또래와의 교류와 모델링을 통하여 대인관계의 장애를 극복해 나가도록, 빠르게 다양한 지원을 활용하도록 부모나 양육자는 지원해 주어야 한다. 그러기에 내 아이의 발달을 잘 살펴 자폐 스펙트럼의 행동 특성에 따른 구체적인 행동의 특성이 있는지 살펴보고, 혹시 내 아이가 지나치게 강도 높은 독특한 관심을 보이는 결함적 행동 특성이 있는지 잘 살펴보자.

2.
스마트기기에 빠진
아이들

우리 아이는 스마트기기의 유혹에서 자유로운가?

  최근 스마트기기의 급격한 발달과 더불어 스마트기기를 활용할 줄 아는 영. 유아 수가 증가하는 동시에 연령층이 하향되고 있다. 스마트기기 사용은 사람들 삶 속에 깊숙이 들어와 언제 어디서나 사용 가능한 디지털화된 생활 일부가 되었다. 이런 상황 속에 스마트기기는 영유아를 양육하는 가정이나 영유아들이 머무는 기관에도 교육 콘텐츠라는 명목으로 빠르게 스며들고 있다. 이렇게 쉽게 접하는 스마트기기를 이용하여 영유아들은 동요를 듣고, 동영상을 볼 뿐만 아니라 영. 유아에게 적합하지 않은 콘텐츠를 경험하기도 한다.

스마트기기는 시각과 청각을 자극하여 영유아들의 이목과 관심을 집중하는 방법 중 가장 쉬운 방법인 미디어라고 할 수 있다. 인간이 학습할 때 청각을 통해 20%를 획득하는 반면에 시각을 통한 학습은 80% 이상을 기억한다고 이론가들이 말한다. 이런 이론을 앞세워 스마트기기의 이용에 대한 여러 가지 장점을 스마트기기를 판매하는 상점들은 영. 유아들을 양육하는 양육자들이 혹할 수 있는 광고 문구를 내세워 홍보하며 유혹한다.

스마트기기를 많이 활용하는 90년생 부모들은 스마트기기 회사들의 마케팅에 진짜 스마트기기의 활용이 아이들의 언어 교육과 습득한 언어 활용에 유용하다고 아이들에게 스마트기기를 제공해 자연스럽게 활용을 종용하게 한다. 하지만 실제로 이른 시기의 스마트기기 사용은 잘못하면 중독으로 이어질 가능성이 크다는 것을 90년생 부모들은 잊고 있다.

2011년도 논문을 쓰기 위해 어린이집에 있는 아이들을 대상

미디어에 빠져 시간가는 줄모른다. 신체성장에 미디어 시청시 자세도 중요

으로 사례 연구를 하였다. 5세 이하 아이들에게 인형, 블록, 장난감, 스마트폰을 책상 위에 놓고 각자 가지고 놀고 싶은 것을 선택하게 하였다. 16명 중 10명인 63%의 아동들이 스마트폰을 놀잇감으로 선택을 하였었다. 이처럼 현대사회에서 영유아기 아이들과 스마트폰은 이제 하나의 유기체가 되어가고 있다는 것을 증명하였다. 특히 요즘 90년생 부모님들은 아이를 양육하는 보

모로 스마트폰을 많이 활용하신다. 부모님들이 상담을 오셔서 하시는 말씀이 도저히 혼자 육아하면서 스마트폰 없는 육아는 힘들다고 하신다.

육아정책연구소의 연구 결과에 따르면 영유아들의 스마트기기에의 노출 시기는 평균 2.27세이고 만 2세 이하 영유아의 약 50%가 스마트기기에 노출되고 있다. 이처럼 이른 시기에 많은 아이가 스마트기기에 노출되는 이유는 아이들의 관심을 끌 만한 다양한 콘텐츠들이 존재한다는 것이다. 또한, 통제되지 않는 상황에서 스마트폰만 있으면 부모들은 마치 육아 전문가가 된 것 같은 착각에 빠져 육아를 한다. 특히 요즘 식당이나 마트에서 아이들을 보면 카트 앞이나 유모차 앞에 아예 스마트폰 거치대를 두고 아이들에게 스마트폰 컨텐츠를 보여 주는 모습을 자주 보게 된다.

뇌 균형 운동 치료센터인 밸런스브레인 변기원 원장은 스마트폰 사용이 높아지면서 '유아 스마트폰 증후군'이라는 신종, 증후군까지 등장하였다고 말한다. 영유아들의 '스마트폰 증후군'은 스마트폰 자극에 자주 노출되어 뇌가 균형적으로 발달하지 못하는 증상이다. 심각해지면 인터넷, 게임 중독은 물론, ADHD,

아이를 보면 **부모가 보인다**

틱 장애를 유발 가능성이 있다. 특히 영유아기 때에는 좌, 우뇌의 균형을 맞춰가는 시점이기에 더욱 주의가 필요하다. 또한, 스마트기기에 빠지게 되면 여러 가지 문제가 나타나지만 가장 큰 문제점은 뇌의 불균형적인 발달에 있다고 한다. 뇌가 완전히 발달하지 않은 시기에 좌뇌가 더 발달하게 되면 반복적이고 단순한 것에 쉽게 빠지는 성향이 생긴다. 어떤 외부적인 원인에 의해 자신이 좋아하는 쪽의 뇌만 발달하게 되면 해당하는 분야의 일은 뛰어나게 잘하게 되지만 발달이 저하된 쪽은 오히려 그 기능이 떨어지게 된다. 게임 등에 빠진 아이들은 좌뇌의 기능이 많이 향상되어 뛰어난 것처럼 보이지만 우뇌의 기능이 떨어지기 때문에 교우관계가 잘 형성되지 않고 분위기를 파악하지 못하고 고학년이 될수록 논술이나 이해를 요구하는 학업을 따라가지 못해 학업 부진을 겪으며 좌절하게 되는 등 많은 문제를 일으키게 된다.

뇌의 균형적인 발달을 위해서는 스마트폰 사용을 줄이고 야외에서 신체를 움직이는 활동이 좋다. 등산, 달리기 등 일상생활에서 할 수 있는 운동도 좋지만, 시각, 청각, 후각, 촉각, 미각을 나타내는 오감을 자극해 주는 활동을 함께 하는 것이 도움이 된다. 이러한 운동은 신체와 뇌, 기능을 바로잡고 운동신경의 발달과 뇌의 기능적 불균형을 개선하는 데 탁월하기 때문이다. 운동과 더불어 뇌에 영양을 주는 것이 동반되면 뇌의 균형을 잡아주는 것에 더욱 도움이 된다. 신선한 채소와 과일에는 비타민과 미네랄 등이 풍부하여 세포 노화나 세포를 죽이는 활성산소를 제거해 준다. 그래서 잘 알고 계시지만 근래에 인기를 끌고 있는 블랙푸드는 특히 활성산소의 중성화에 효과적이며 외부 스트레스로 말미암은 뇌세포의 파괴를 막아준다. 그래서 영유아기의 아이들에게 일주일에 3회는 신선한 채소, 과일을 제공해야 한다. 거기에 견과류를 간식거리로 제공하게 된다. 이런 식생활이 두뇌 발달에 도움을 주며 뇌를 건강하게 유지할 수 있다.

잎새 반 진성이는 3살이다. 그런데 몇 달 전부터 성격이 변한 모습이 보인다. 입학하였을 때 보이지 않았던 모습이어서 어머님께 여쭈어보았다. 아니나 다를까, 4개월 전 진성이는 동생이 생겼다. 그러다 보니 어머님은 두 아이 육아를 혼자 하다 보니 어쩔 수 없이 핸드폰을 켜 놓고 진성이라도 안정되어야 어머님이 육아에서 조금은 여유가 생겨 자주 핸드폰을 진성이에게 보여 주었다고 한다. 진성이가 어린이집 문 앞에서 엄마와 헤어질 때면 대성통곡을 하고 자주 화를 내기도 하고, 떼를 쓰는 모습이 보여 어머님과 이야기를 나누고 진성이의 행동이 변하게 된 이유를 알게 되었다. 진성이와 비슷한 상황의 영아들이 있는데 이는 결과적으로 아이들이 스스로 원하여 스마트폰과 가까워진 것이 아니다. 양육에 지친 부모가 육아를 편하게 하려고 아이에게 스마트폰을 준 것이다.

부모님들은 아이에게 좋지 않은 영향이 미칠 거라는 걱정을 뒤로 한 채 지금 당장 스마트폰이 가져다주는 편안함의 유혹을 이기지 못하고 핸드폰의 콘텐츠 유혹에 빠지면서, 육아 전쟁에서 일단 해방되는 것이다. 이런 반복적인 모습이 어찌 보면 아이들이 스마트폰에 중독된 것이 아니라 우리 어른들이 핸드폰 사용에 중독이 된 것일지도 모른다.

어떻든 간에 이렇게 영유아기에 스마트기기에 장시간 노출된 아이들은 사실 본인의 의지와는 상관없이 너무나도 흥미롭고 강한 자극에 길들어져 초, 중, 고등학교 진학을 하면서도 스마트기기의 유혹에서 쉽게 벗어나지 못하게 되는 문제점이 발생하게 된다.

부모님들은 나름대로 철저한 관리와 통제가 필요한 영유아기에 마음껏 사용하게 하다가 아이가 학교를 진학하면서 자신을 스스로 통제할 수 있는 나이에 이르렀음에도 뒤늦게 공부를 핑계로 스마트기기 사용을 제한하는 모순된 행동을 하고 있다. 이런 패턴들은 부모들이 잘못 알고 행동하는 것이다. 나도 그랬었다. 아들이 중학생 무렵 어린이집에서 퇴근하면 6시가 넘어 집에 들어가게 된다. 학교를 끝나고 오면 아들은 컴퓨터게임에 몰두한다. 그때 관리를 하지 않으면 중독될 것 같아 난 아들과 게임과의 전쟁을 치렀다. 내가 출근을 할 때 컴퓨터 키보드를 빼출근길에 들고 간다거나 시간을 맞춰놓고 컴퓨터가 자동 꺼지는 시스템도 해 보고 다양한 방법을 시도해 보았다. 하지만 그것이 해결책은 아니었다. 내 아이가 어렸을 때는 지금처럼 육아에 관한 공부를 제대로 하지 않았었다. 단지 컴퓨터 중독이 되면 안 된다는 생각만으로 내 눈앞에 보이지 않을 땐 내가 관리를 못 한다는 생각으로 차단을 하려고만 생각을 하였었다. 아이와 충분히 이야기를 나누어 보지 않고 단절만 하면 되는지 알았던 시절이 있었다. 아이와 충분한 이야기를 나누고 아이가 먼저 스마트기기 사용에 대하여 계획을 하고 실천을 할 수 있도록 하였다. 쉽지는 않았지만, 아이와의 꾸준한 상호작용을 통하여 미디어 기기에 크게 노출되지 않게 보냈던 것이 중. 고등학교 시절에 미디어 기기와의 전쟁을 쉽게 휴전할 수 있었던 것이라는 생각이 든다.

부모님 중 지금 느끼는 잠깐의 편안함에 취하여 영유아기에 스마트기기를 보여 주다 보면 초, 중, 고등학교에 들어갔을 때는 아이와의 통제 불능 상태의 전쟁이 발생할 수 있음을 깨달을 필요가 있다는 이야기를 드리고 싶다. 애플의 창업자 스티브 잡스와 마이크로소프트사를 창업한 빌 게이츠 그리고 많은 IT 업계의 종사자들은 스마트폰이 성장기의 아이들을 대상으로 하여 개발된 물건이 아님을 강조한다. 그러나 스마트폰이 가지는 즉각적인 대응과 화려하고 다양한 디자인의 변화, 그리고 다양한 애플리케이션의 존재 등을 통해 사람들의 관심을 계속 불러일으키고 결국에는 성장기 아이들이 중독되게 디자인되었다는 점을 시인한다. 아들 녀석도 핸드폰 신제품이 나오면 교체하고 싶어 졸랐던 기억이 난다. 실제로 빌 게이츠는 본인의 자녀들이 14세가 되기 전까지 스마트폰 사용을 금지했다고 한다. 어른들의 확실한 통제 속에 아이들이 스마트폰을 사용할 수 있는 시기와 방법에 대한 정확한 기준이 필요함을 역설하는 부분이다.

대한 소아 청소년 의학회는 영. 유아 스마트기기의 사용에 관한 이하의 권고 기준을 제시하고 있는데 다음과 같다.

첫째, 만 2세 미만의 자녀에게는 어떤 종류의 미디어에도 노출시키지 말 것

둘째, 만2세에서 취학 전 아동의 경우 성인의 지도 아래에 하루 1시간 내외로 이용을 제한할 것

셋째, 초등학생은 하루 2시간 이하로 이용할 것

이렇게 대한 소아 청소년 의학회에서 스마트기기 사용에 관한 기준을 정하는 이유는 아이가 태어나 만 15세가 되기까지는 뇌가 완전히 완성되지 않은 채로 계속하여 발달하는 과정에 있기 때문이다. 만 3세부터 초등학교 초년까지 집중적으로 발달하는 전두엽은 아이의 창의력과 감정조절 등에 관여하게 되는데 스마트기기에 장시간 노출되어 전두엽의 발달이 원활하게 이루어지지 않으면 아이의 주의력 결핍 과잉 행동 장애, 언어발달 지연 등으로 이어질 수 있다. 나아가 아이가 강한 자극의 화면에 자주 노출되다 보면 뇌에서 생각을 담당하는 회백질의 크기가 줄어들게 되어 이보다 약한 자극에는 더는 반응하지 않게 되는 '팝콘 브레인'으로 이어질 가능성이 증가한다. 또한, 사람의 감정과 느리게 변하는 현실에 무감각해질 수 있으므로 주의를 필요로 한다. 이렇게 스마트기기가 아이들의 뇌 발달에 악영향을 미치는 결정적인 이유는 스마트기기가 가지는 정보전달의 일

아이를 보면 부모가 보인다

방성에 있다. 우리가 어떠한 영상을 볼 때 많은 생각을 하는 것처럼 보이지만 실제로는 대화나 감각적인 놀이를 통한 상호작용과는 달리 영상이 우리에게 주는 일방적인 정보만을 받아들인다. 일방적인 시각과 청각의 자극만을 받은 아이와 오감을 통한 다양한 자극을 받은 아이의 뇌 발달은 차이가 날 수밖에 없다. 또한, 장시간 아이들이 작은 화면에 노출되면 안구건조증과 같이 안과 질환이 생길 가능성을 높이며 특히 움직이는 차 안에서 아이들에게 영상을 시청하게 하는 것은 아이들의 시력 발달에 악영향을 미칠 수 있다.

내가 논문을 쓰면서 정확히 알게 된 점이다. 아이들과 스마트기기와의 전쟁을 해결할 방안은 이렇다. 절대 아이들과 타협을 하지 말아야 한다. 아이들이 떼쓰는 것을 견디지 못하여 한번 보여 주기 시작하면 처음 느껴보는 편안함과 즉각적인 효과에 취해 부모 스스로 중독될 수 있으니 아이와 타협하지 않는 의지가 필요하다. 어쩔 수 없이 영상을 보여 주게 되더라도 절대로 핸드폰을 아이에게 쥐여 주고 스스로 영상을 선택하며 마구잡이로 시청하게 하는 것만은 피하도록 한다. 반드시 부모가 주도적으로 콘텐츠와 영상의 내용을 선별하여 가만히 앉아서 보기만 하는 영상보다는 영상을 보며 율동과 노래 등을 통해 아이가 참여할 수 있는 영상을 선택적으로 보여 주는 것이 필요하다. 특히 요즘은 코로나 19로 인하여 거대한 교육의 장, 놀이의 장이 되어버린 디지털 미디어 콘텐츠 시대에 학교 교육도 미디어를 통한 교육이 진행되고 있으니, 부모님께서는 정확하게 콘텐츠를 이해하여 아이에게 적당한 시간 또 아이들이 스스로 조절하고 지켜낼 수 있는 것들을 가르쳐야 한다. 그래야만 우리 아이는 스마트기기의 유혹에서 자유로운가? 에 당당하게 맞설 수 있을 것이다.

3.
우리 아이
마음의 상태

우리 아이는 스트레스가 없을까?

영아들은 아직 말을 잘하지 못하여 자기 생각과 욕구를 해소하기 위해 주로 울음이나 미소 등으로 자신의 정서를 표현하고 자신의 상태를 표현한다. 생후 6주가 되면 신생아는 웃는 얼굴과 화난 얼굴을 구분한다고 한다. 그러면서 영아들은 울음이나 미소로 자신이 느끼는 정서를 주 양육자에게 표현하는 상호작용을 하면서 아이들의 사회성 발달의 기초가 되는 것이다.

사회성 발달의 기초가 되는 정서는 내가 느끼는 것에 대한 어떠한 느낌이나 감정을 말하는 것이다. 그러기에 정서는 아이마다 발달하는 시기가 다르고 정서가 나타나는 시기에 따라 1차 정서, 2차 정서로 구분을 하기도 한다. 대표적으로 기본정서라고 하는 기쁨, 공포, 분노, 슬픔, 혐오, 놀람 등을 1차 정서라고 하고, 2차 정서는 자신이 스스로 의식적으로 느끼는 정서로 당혹감이나 공감, 질투, 수치심, 죄책감, 자부심 등의 정서를 말한다.

　　만 1세 이전의 아이들을 보면 부모나 양육자를 조작하여 자신의 정서를 조절하는데 대표적인 것이 울음이다. 만2세~6세에는 부정적인 정서에 대처하는 법을 아이들을 배우기 시작한다. 우리가 흔히 생각하는 부정적인 정서들은 분노, 놀람, 노여움, 증오, 슬픔, 우울함 등의 감정이라고 생각하면 될 것이다. 가만히 생각해 보면 이들 감정은 서로 다른 상황에 의해 발생하지만 한 가지 공통의 성질을 가지고 있는 것을 알 수 있다. 바로 스트레스이다. 부정적인 감정을 잘 살펴보면 이 감정을 느낄 때 스트레스를 느끼는 것이다. 스트레스는 보통 불편한 감정들을 제대로 해소하지 못했을 때 발생하게 된다.

어린이집 놀이시 자신의 감정을 표현한다.

어린이집에서 아이들과 바깥 놀이를 할 때 아이들은 교사와
함께 교사가 가는 방향으로 따라가던지 매번 가던 산책길을 따
라 앞서가기도 한다. 그런데 혜림이는 꼭 반대 방향이든지 아무

방향으로 움직여서 교사를 당황하게 한다. 5명의 아이를 혼자 돌봐야 하는데 한 녀석이 다른 방향으로 튀니 얼마나 당황스러운지 모른다. 이런 혜림이는 어린이집에서 활동하는 다른 놀이에도 편안함을 느끼지 못하고 눈에 띄게 행동을 한다. 만약 혜림이 같은 성향으로 커 간다면 사회적 기술의 부족으로 사람들과의 상호작용에서의 어려움을 접하게 될 수 있다. 그리고 이러한 행동들이 지속된다면 혜림이는 낮은 자아존중감으로 인하여 어려움을 겪을 것이다. 그럼 혜림이는 '그냥 그렇게 타고난 것일까?' 아니면 중요한 양육자인 성인들로부터 바람직하지 못한 사회화의 결과로 그런 성격이 발달한 것인지는 성격 발달 분야의 연구자들에게는 아직도 주요한 연구 과제다. 이러한 성격적인 이유로 아이들은 스트레스를 받기도 한다. 또한, 가족 내 요인으로 첫 아이에게는 동생의 출생이나 아끼던 장난감이 고장 났다거나 잘못해서 우유를 쏟던지 특히 5세 이전의 아이에게는 부모의 이혼과 별거, 부부의 불화가 상당한 스트레스 상황이 된다.

바다반 4세 민지는 가정불화가 심한 상황에 놓여 있다. 민지는 자신이 버림받을지도 모른다는 두려움으로 엄마에게 아주 강하게 매달리는 모습을 보인다. 민지는 매일 어린이집 등원을 할 때면 울고 떼를 쓰고 등원을 한다. 등원하여 교사가 잠시라도 보이지 않으면 불안해하며 교사에게만 붙어 다닌다. 특히 점심시간 때부터 낮잠 잘 시간이면 불을 끄는 상황에 겁을 먹고 많이 울고, 잠자는 것을 두려워한다. 이러한 민지의 긴장감은 부모의 잦은 싸움과 별거와 이혼으로 인한 것이며, 자신의 안전에 불확실함을 느낀다. 민지는 불안을 느끼는 것이다. 민지는 아침에 잠에서 깨었을 때 '엄마마저 집에 없으면 어떡하지?' 내가 울어서 아빠랑 엄마가 싸웠나? 라는 여러 불안 속에 민지는 스트레스를 받게 된다. 이러한 상황이 발생하였다면, 부모가 자녀를 데리고 차분하게 부부의 변화와 그로 인해 생길 변화에 대해 나이에 맞게 설명해주어야 한다. 그렇지 않다면 아무런 내용도 모른 채 그런 상황을 받아들여야 하는 민지의 스트레스는 증가하게 된다.

영유아기의 스트레스는 두 가지 이유로 위험하다고 할 수 있다. 먼저 스트레스가 개인에게 미치는 영향은 장기적으로나 단기적으로 큰 영향을 미친다. 만약 오랫동안 스트레스가 지속하였거나 그 정도가 심한 스트레스였는데 풀지 못하면 결국 질병에 걸릴 수도 있고 행동 장애와 심리적 취약성을 증대시키는 요인이 될 수 있다. 두 번째로는 부모나 형제, 친척 또는 또래나 교사가 스트레스를 어떻게 극복하는지를 관찰함으로써 일찍부터 스트레스 대처 반응을 학습하게 된다. 영유아들은 모델링을 하기 때문이다.

그런데 이러한 모델링의 행동은 이후에 습관적으로 사용하면서 굳어지게 된다. 성장하면서 학습한 대처 유형이 긍정적이고 유용한 것이면 아이들은 평생의 자원으로 잘 사용될 것이다. 하지만 부정적인 스트레스 대처 방법을 배운 영유아들이라면 스트레스 상황을 더 어렵게 만들고 스트레스에 더 취약하게 될 것이다. 또한, 스트레스를 받으며 성장한다면 아주 고통스럽고 복잡한 감정을 경험하게 된다. 장기간 또는 강한 스트레스를 받은 아이는 머릿결이 나빠지고 눈 주위에 검은 그림자가 생기기도 한다. 그리고 두통이나 복통 등 신체적 불편함과 소변을 지나치게 자주 보거나 소변을 못 참는 증상을 보이기도 한다. 또한, 식욕이 급격히 늘거나 갑자기 줄어들면서 체중의 변화를 보이기도 한다. 그러다 보면 얼굴이나 신체 부위에 생기는 원인 불명의 발진 또는 잦은 기침이나 천식 증상도 발생할 수 있다. 이러한 아동은 수면 문제를 가질 수 있고 특히 감기나 독감, 다른 바이러스성 질환 감염될 가능성이 크다고 많은 연구 결과 증명이 되었다.

아이들이 받는 스트레스를 대처하는 방식으로는 억압이나 부정, 대치 또는 이전 행동으로 퇴행과 같은 방어기제를 사용하기도 하는데 6세 민호는 집에서 일어난 사건들로 스트레스를 받지 않는 것 같이 보이지만 어린이집에 와서 또래들에게 공격적인 행동을 보인다. 그래서 교사가 민호에게 친구를 아프게 한 것을 물어보면 민호는 화가 나서 그랬다고 한다. 이처럼 아이들은 스트레스를 주는 상황에서 자신을 보호하기 위해 회피나 충동적인 행동을 보인다. 이렇게 외부로 스트레스를 표현 못 할 때 정신적으로 도망하기 위해 몽상에 빠지거나 짜증을 부리고, 주의 산만하고 수면장애로 잦은 악몽에 시달리기도 한다. 정서적인 고통으로 인한 더 심각한 증상으로 머리카락을 뽑는 행동이나 자신이나 다른 사람에게 반복적으로 고통을 가하는 행동, 어른에게 지나치게 그리고 아무에게나 애정 표현을 하는 행동 등을 보일 수 있다. 그러나 이와 같은 증상을 보이는 것은 정상적인 현상일 수도 있다. 하지만 이러한 현상이 오랜 기간 지속하며 뚜렷한 원인이 없음에도 분명하게 나타난다. 이는 아이들이 심각한 스트레스를 경험하고 있고 그로 인하여 정상 발달이 위협받는다는 신호이기도 하다.

가정 양육을 하는 부모님이나 어린이집 교사들은 아이들이 스트레스에 대처할 수 있도록 도와주는 기술을 익혀야 할 것이다. 우리 아이는 스트레스가 없는지? 스트레스를 받고 있다면 나는 아이들이 보내는 초기 신호를 민감하게 감지하고 반응을 하는지? 아이들의 언어가 미숙하니 무슨 말을 하는지 잘 듣고 이해하였는지 그 상황을 말로 표현해 주도록 한다. 그리고 아이들이 위축된 모습과 부정적 정서를 드러내 놓고 표현을 한다면 과도한 스트레스를 받고 있다는 신호이다. 양육자인 부모나 교사는 이를 민감하게 감지하고 아이들이 하는 행동을 잘 관찰하도록 한다. 그리고 스트레스 상황 속 아이들의 표정이나 목소리 톤 등의 비언어 행동에 주의를 기울여 이들의 감정에 주의를 기울여 보도록 한다. 우리 아이는 스트레스가 없는지!

4.
언어발달에 따른
문제행동

우리 아이의 언어적 환경은?

태근이가 울면서 엄마에게 온다. 엄마는 태근이에게 "태근아, 너 왜 그렇게 아기처럼 구니. 조용히 해"라고 야단을 친다.

별님반 민우가 블록 영역에서 열심히 블록을 쌓아 자동차를 만들어 선생님에게 봐 달라고, "선생님, 보세요. 제가 만들었어요"라고 자랑한다. 교사는 "민우야, 선생님이 지금 바쁘거든 나중에 보여 줘"라고 대답을 한다.

아이들을 대하는 태근이 어머님이나 별님반 선생님이 사용하는 말은 눈에 보이지는 않지만 이런 상황을 언어적 환경이라 한다. 언어적 환경은 양육자들이 아이들에게 말하는 방식, 아이들에 대한 태도뿐 아니라 관계까지 보여 주는 것이다. 언어가 성장하는 아이들의 자아개념이나 현재와 미래의 영향을 미치는 자아존중감 그리고 전반적인 사회적 유능성에 직접 영향을 끼치기 때문에 아이들의 발달에 있어 언어적 환경은 매우 중요하다.

언어적 환경은 말과 침묵을 이루는 모든 요소로 말의 양이나 말의 내용, 말하는 방법 그리고 말하는 사람 또 듣는 사람 등을 포함하여 말한다. 이러한 여러 가지 요소가 어떻게 사용되고 조합되는가는 그 환경이 아동의 자아 평가에 바람직한지 아닌지 말해주게 된다. 따라서 언어적 환경은 긍정적인 환경과 부정적인 환경으로 구분해 볼 수 있다.

한번 체크해 보기 바란다. 우리 집 언어적 환경은 부정적인 언어환경일까? 긍정적인 언어환경일까? 부정적인 언어환경은 어른들이 하는 말이나 하지 않은 말 때문에 아이들이 자신을 가치 없고, 사랑받지 못하며, 중요하지 않거나 무능한 존재라고 느끼게 하는 환경이다. 부모님들이 말을 안 듣는다고 아이에게 소리 지르고, 조롱하고, 악담하거나 차별을 하는 것이 대표적인 부정적인 언어환경이라고 할 수 있다. 이런 부정적인 언어환경에서 아이들에게 무관심하고, 무례하고, 민감하지 못한 어른들의 태도가 아이들에게 모델링 된다. 이런 언어적 환경에서 성장하는 아이들은 어른들의 말로 지배되고 어른들의 관심이 아이들의 관심보다 우선한다는 것을 인식하게 된다. 이런 아이들은 자기 생각이나 관심이 가치 없다는 것을 알게 되며 자신이 존중받거나 예의를 지킬 만큼 중요한 사람이 아니라고 생각을 하게 된다. 이처럼 부정적인 언어환경에서 일어나는 유쾌하지 않은 상호작용은 아이들을 부적절하고, 혼란스럽고, 화나게 만든다. 이러한 언어적 환경에서의 상호작용이 계속 진행된다면, 아이들의 자아존중감은 상처받으면서 성장할 것이다.

긍정적인 언어환경에서 아이들이 어른들과 사회적으로 바람직한 상호작용을 경험하게 되면서 어른들의 말은 아이들의 욕구를 만족시켜 주고 아이들이 가치 있는 존재라고 느끼게 해준다. 어른들은 아이들에게 말할 때 하고자 하는 말의 내용뿐 아니라, 그 말이 아이에게 미칠 수 있는 정서적인 영향까지 관심을 가지고 이야기를 해야 한다. 그래서 어른들은 아이들의 자아존중감에 손상을 주는 행동을 해서는 안 된다. 그러나 의도하지 않게 부정적인 언어환경을 만드는 경우가 종종 있다. 긍정적인 언어환경은 우연히 발생되는 것이 아니라 양육자들의 의도적인 계획과 수행의 결과로 만들어야 한다. 유희실에서 소진이가 미끄럼틀을 엎드려서 타고 내려온다. 선생님은 이렇게 말을 할 것이다.

"소진아!" "위험해, 미끄럼틀은 바르게 앉아서 타고 내려와야지!"라고 말을 할 것이다. 하지만 긍정적인 언어환경을 만들기 위해서 아이들의 행동이나, 아이들에게 비 판단적인 언어를 사용해야 한다. 소진이에게 어른들은 야단하거나, 지시하는 언어를 사용하기보다는 "소진이가 미끄럼틀에서 내려오는 새로운 방법을 찾았구나!", "그렇게 내려오니, 머리가 먼저 내려오네."라고 아이들의 경험을 설명과 함께 대화를 통해 언어로 이끌어 주면서 아이들이 하는 행동을 반영해 표현해 주는 것이다. 이렇게 아이들이 하는 행동을 반영해 주면 아이들은 어른들이 자신에게 관심을 보인다는 것을 알면, 아이들의 자아 인식을 증가시키고 아이들은 자신이 가치 있다고 느끼게 된다.

앞서 태근이와 같이 울음이나 몸짓을 이용하여 갖고 싶은 것, 하고 싶은 것을 손가락으로 가리키며 의사 표현을 주로 하는 경우의 원인은 먼저 인지능력의 부족으로 인하여 또래보다

인지발달이 늦거나 발달 초기의 부적절한 언어환경의 영향으로 부모가 모든 것을 알아서 해줄 때, 또는 영아의 울음이나 옹알이에 대해 무관심하게 빈약한 언어 자극을 받았거나 과잉보호를 받고 성장할 경우이다.

아이들이 울거나 몸짓을 이용하여 이야기할 때 양육자는 아이들의 욕구를 수용하고 받아들여 주어야 한다. 아이들은 울음을 통해 사랑해 달라고, 관심을 가져 달라고, 자신에게 귀를 기울여 달라고 자신의 존재를 나타내고 있다. 이럴 때 양육자들은 아이들의 울음의 차이를 이해하여 특히 만 1세 이후의 울음은 아이들의 감정이 좀 더 복잡해지는 시기이므로 울음의 이유 또한 거절에 대한 화남의 표현이고 하기 싫다는 표현일 수 있음을 이해하여야 한다.

아이들의 발달에 따른 기본적인 감정을 이해하고 적극적으로 경청하는 분위기를 조성하여 아이들이 말하는 것에 대한 불안감이나 두려움을 극복할 수 있는 익숙한 환경을 제공하여 어른과 1:1 대화의 시간을 많이 갖도록 한다.

서희는 또래보다 의사 표현의 빈도가 낮고 말소리로 표현할 때 단음절, 한 단어를 사용하여 표현한다. 대부분의 5세 아이들은 코가 나왔을 때 이렇게 말을 한다.

"선생님, 코가 나왔어요"라고 하지만 서희는 선생님에게 이렇게 말한다.

"코" 서희는 주 양육자와의 부적절한 언어적 환경에 노출이 되었다. 주 양육자는 서희가 콧물이 나왔을 때, 언어적 표현 없이 콧물을 닦아 주었을 것이다. 서희가 선생님께 "코"라고 말을 했을 경우 교사는

"서희 코가 나왔구나!", "휴지로 코 닦아 줄게"라고 서희가 말한 내용을 추가하여 교사가 재진술 하여 새로운 어휘와 문장을 경험하는 기회를 제공해 주게 되는 것이다. 그리고 아이들이 몸짓 언어를 사용하거나 한 단어로 표현할 때, 양육자나 교사는 즉시 알아듣고 반응해 주기보다 영아가 원하는 것을, 언어적으로 표현할 수 있도록 모델링을 보여 주고 흥미를 유발할 수 있는 의성어, 의태어를 사용하여 유도를 한다.

이든반 희철이는 25개월이다. 희철이는 같은 놀잇감에 30초 이상 눈을 주지 않고 계속 이것, 저것을 만지면 어린이집을 뛰어다닌다. 유희실에서 1세 반 지호를 만났다. 희철이는 지호에게 다가가 얼굴을 만지면 웃다가 지호를 밀어버린다. 지호의 머리를

만지며 잠시 있다가 다른 쪽으로 뛰어간다. 교사가 희철 이를 잡아 "동생을 넘어뜨리면 안되지"하고 이야기하자 희철이는 "……"

아무 말 하지 않고, 잠시 교사와 눈을 스치듯 맞추다가 눈을 피하고 교사의 손에서 빠져나가 뛰어가서 놀이터로 향한다. 교사가 따라가 희철 이를 잡으려고 하자, 희철이는 "아~~~~~" 하는 알아듣기 힘든 소리를 지르며 교사를 피해 도망을 간다. 교사가 희철이를 잡아 이야기하려고 팔을 잡자 눈을 피하고 소리를 지르고 도망을 간다.

이런 행동을 보이는 희철이 어머니는 먹는 것이 중요하다고 생각하는 양육 태도다. 그래서 어머니는 먹거리에만 신경을 쓰고, 버릇 들이기, 일관적이고 안정적인 애착을 희철이와 형성하지 못했다. 25개월이 되는 동안 희철이가 원하는 것은 모두 허용하였으며, 잘못된 행동을 하였을 때 행동을 바로 잡아 주려 하기보다는 체벌을 하거나 희철이 요구를 무시하는 방법으로 양육을 하였다. 또한, 희철이는 스마트폰의 과용으로 다양한 놀이의 자극이 부족하여 놀이에 대한 방법을 모르고 있었다. 희철이 어머님의 허용적인 양육 태도가 희철이가 타인과의 관계를 알아보는 것과 상황을 인식하는 등의 인지 개념의 발달에 부정적인 영향을 끼쳤다. 이런 희철이 문제행동을 수정하기 위하여 부모나 교사는 희철이 행동에 상황에 따른 행동에 반응하고, 공격적인 행동의 빈도와 눈 마주치는 정도를 상세히 목록으로 정리하여 희철이 행동을 파악해야 한다. 희철이가 하는 행동을 민감하게 관찰해야 한다, 그래서 희철이가 위험한 행동을 하기 전에 미리 희철이 행동을 제지하여 습관화되지 않도록 한다. 또한, 이런 희철이 행동의 원인이 무엇인지 정확하게 파악을 해야 한다. 인지발달에 기인한 것인지, 부모의 양육 방법에 따른 원인인지를 파악하기 위해 발달검사를 하여 희철이의 발달 수준을 파악하여 인지발달을 할 수 있는 밀가루 점토 놀이나 풀 물감 놀이 등을 활용하여 희철이가 느끼고 있는, 부정적인 감정 해소를 위한 놀이를 제공해 주도록 한다. 또한, 주 양육자는 일관적이고 따뜻한 마음을 느낄 수 있도록 지도해야 한다.

발달 과정상 한두 가지가 뒤처질 때는 전문 기관에서 적극적인 치료를 받으면 금세 또래 아이들을 따라가게 된다. 그러나 설마 내 아이는 아니지! 라는 생각에 시기를 놓치면 더 큰 장애를 겪기도 할 수 있다. 운동 발달, 언어발달, 정서발달은 눈으로 보이는 신체 발달과는 달리 눈여겨보지 않으면 제대로 발달이 이루어지고 있는지 모르고 지나칠 수 있다. 특히 이런 발달은 뇌가 성장하면서 이루어지는데 뇌 발달에 문제가 있으면 발달이 지연될 수 있으므로 더욱 주의를 기울이도록 한다. 내 아이의 언어적 환경은 긍정적 환경인가? 부정적인 언어환경으로 인해 언어적 문제행동은 보이지 않는지 살펴봐야 한다.

5.
세상 모든 엄마의
희망 사항

"혹시 우리 성훈이가 영재 아닐까?"

　성훈이는 만1세, 단어를 사용하여 자기 의사 표현을 한다. 대소변도 다 가린다. 어린이집에서 배운 노래를 또박또박 따라 부른다. 그리고 아빠가 골프연습장에서 스윙하는 모습을 분석해 보기 위해 찍은 동영상을 보게 되었다. 그때부터 성훈이는 골프에 빠졌다. 26개월이 되었을 무렵부터 TV 골프 중계방송을 틀어 놓으면 유심히 선수들의 골프스윙을 본다. 그리고 놀잇감인 스틱을 매트 위에 꽂아 놓고 그대로 따라 한다. 어드레스 자

아이를 보면 **부모가 보인다**

세를 한다고, 다리를 쩍 벌리고, 무릎은 살짝 구부린 자세를 취한다. 성훈이 엄마는 그런 성훈이에게 어린이 골프채를 사 주었다. 성훈이는 골프채를 두 손으로 쥐고 구령에 맞춰 풀 스윙을 멋지게 한다. 아빠와 같이 실내 스크린 연습장에 가서는 커다란 드라이브를 옆구리에 끼고 스크린 골프도 친다. 또 하모니카를 분다. 세 살 아이가 들숨, 날숨을 쉬면서 하모니카 소리를 내고 리듬을 탄다. 이런 모습을 본 성훈이 엄마는 성훈이가 영재인가? 고민에 빠졌다.

영아기 운동기능의 발달 시기와 순서는 신경계와 근육의 성숙이 이루어지면, 운동기능의 발달은 유전적으로 프로그램된 순서로 나타난다. 조금은 오래되었지만 1960년대 생후 2년간을 대부분 시간을 고아원 침대에서만 누워 지낸 이란의 고아들을 대상으로 연구한 결과 운동기능의 발달에서 2세가 되어도 제대로 걷지 못하고 3~4세가 되었을 무렵에 혼자서 걸을 수 있는 경우는 15%에 불과하였다는 연구 결과가 있다. 생후 2년간의 운동기능의 발달은 단순히 성숙과 학습을 통하여 자연 계획의 한 부분으로 전개되는 것이 아니다. 특정한 목표를 염두에 두고 있는 호기심 많고 능동적인 성훈이가 그 목표를 달성하는데 필요한 새로운 운동기술을 습득하기를 원했고, 그래서 성훈이는 스스로 골프스윙을 습득한 것이다. 따라서 성훈이는 자신이 이미 가지고 있는 운동기술을 적극적이고도 복잡하게 재조직함으로써 성훈이 엄마가 보기에는 영재처럼 보인 것이다. 성훈이는 요즘 TV에서 유행하는 트로트도 제법 따라 한다. '찐 찐찐이야'라는 노래에 맞춰 몸동작도 가수가 하는 것처럼 잘 따라 한다. 이런 성훈이를 보는 주변 어른 들은 칭찬을 하고, 이쁘다고 "또 해봐", "찐이야~해봐", "성훈아, 할머니에게 골프 치는 거 보여 줘봐"

라고 성훈이에게 주문한다. 성훈이는 신이나 반복해서 재롱을 보인다. 성훈이가 재롱을 보이기 위해 하는 행동은 칭찬받으니 좋고, 성훈이도 주변의 반응에 신나 반복적인 놀이를 경험하게 된다. 그러다 보니 성훈이는 골프스윙이나 트로트나 동요나 배우고 난 후 계속 반복해서 스스로 연습한다. 그러다 보니 성훈이는 몸에 익힌 것들을 활용해 다양한 기술을 보여 주게 된다.

인간 고유의 정신기능을 하는 곳인 뇌는 영아기에 급속도로 발달이 이루어진다. 그리고 뇌의 각 부위는 발달하는 시기가 각기 다르다. 반사운동과 신체기능을 통제하는 뇌간은 출생 시 이미 완전한 기능을 한다. 뇌의 또 다른 부위는 출생 시 기능을 하지만, 출생 후 계속해서 발달하고 재편성된다. 운동기능과 자세 조정을 관장하는 소뇌, 기억을 관장하는 해마 등이 여기에 속한다. 사고나 추론 같은 복잡한 인지능력을 관장하는 대뇌피질은 출생 시에 발달이 가장 덜 된 부분이기도 하다. 출생 후 대뇌피질은 계속해서 성장하기 때문에 뇌의 어떤 부위보다도 환경의 영향에 매우 민감하다. 그래서 나는 학부모님들께 항상 강조하는 부분이 영아시기에 다양한 경험, 특히 오감 활동의 중요성을 강조하면서 어린이집에서의 활동을 계획할 때 오감 자극을 할 수 있는 활동을 계획하고 진행한다. 특히 대뇌피질의 전두엽 부분은 사고와 운동기능을 관장하고 있고, 후두엽은 시각, 측두엽은 청각, 두정엽은 신체 감각을 관장한다. 운동기능을 관장하는 피질에서는 머리, 가슴, 팔 등을 통제하는 뉴런이 몸통과 다리 등을 통제하는 뉴런보다 시냅스의 연결이 더 빨리 이루어진다. 또한 언어를 관장하는 피질은 영아가 언어를 습득하는 시기인 영아기 후기에서 학령전기까지 발달이 급속도로 이루어진다. 이런 발달의 원리에 따라 영유아들의 뇌의 발달은 환경의 영향에 크게 민감하게 작용을 하면서 환경으로부터 받는 자극의 양과 종류에 의해서도 영향을 받는다.

성훈이 어머니는 결혼하면서 천주교 신앙을 갖게 되었다. 임신 후 10개월 동안 교리 공부하고, 기도하며, 신부님이나 수녀님들과의 교리 시간을 통하여 태교를 자연스럽게 하였다. 이러한 종교 활동을 하면서 막달까지 성당의 행사에서 플루트를 연주하고 기쁜 마음으로 봉사했다. 그러다 보니 자연스러운 태교가 되었다. 거기에 입덧 또한 심하게 하지 않아 다양한 음식을 골고루 섭취할 수 있었기에 태아는 건강하게 성장하였다.

성훈이 할아버지는 성훈이가 태어나서 크리스마스가 되었을 무렵에는 가족 음악회를 여신다. 할아버지는 색소폰을 연주하시고, 성훈이 어머니는 플루트를 불고, 온 가족이 단란한 시간을 보낸다. 이번 여름에 성훈이 할아버지는 집 마당에 캠핑 놀이를 준비해 가족과 마당에서 캠핑 놀이로 즐기신다. 코로나 19로 외부 활동이 어려운 성훈이를 위한 바깥 놀이 준비를 하여 성훈이가 충분히 즐길 수 있도록 온 가족이 성훈이를 중심으로 움직인다. 부모들은 자녀를 양육하면서 또래보다 월등한 행동을 한다면 내 아이가 영재가 아닐까 살짝 설레는 마음을 갖기도 한다. 학자들에 의한 '영재'의 정의를 살펴보면 첫째, 특정한 영역에서의 뛰어난 성취를 지속적 보여 주는 사람, 둘째, 지능(IQ)에 대한 정의로서 지능검사에서 특정한 점수 이상을 획득한 사람으로 스텐포드 비네(Stanford - Binet) 검사에서 135 이상 획득한 사람, 셋째, 창의성에 대한 정의로 주된 기준으로 우수한 창의력을 보이는 사람을 영재라고 정의한다.

　발달 측면에서 영재 특성을 살펴보려면 1.5세부터 3세 사이에 빠른 어휘습득이 일어나고 일찍이 비교적 복잡한 문장을 구사한다. 언어 사용의 정확성, 단어에 대한 흥미, 언어 놀이에 대한 욕구 등이 다른 아이들보다 뛰어나다. 또한, 영재들은 3.5세경이면 스스로 글을 깨우치고 읽고 싶어 한다. 이외에도 영재들이 또래보다 1개월 정도 더 빨리 걷기 시작하며 3~4개월 정도 더 빨리 말하기 시작한다고 한다. 또한, 읽기는 1~2년 정도 더 빨리 시작한다는 것이 관찰되었다. 영재들이 보통 아동들보다 더 활동적이고 주위 사물들에 대해 더 많은 흥미를 보이고, 수면시간이 적다. 영재들은 신체적 발달 면에서 대체로 적어도 평균 이상의 발달을 보이나 어떤 경우에는 발달이 늦어질 수도 있다. 예를 들어 보통 아이들보다 훨씬 늦게 걷기 시작하거나 말하기 시작하더라도 뛰어난 지적 능력을 나타내는 아동들이다.

　모든 부모의 희망 사항이기도 하고 "혹시 내 아이가 영재가 아닌가?"라고 생각이 든다면, 유아기 시기에 창조성 발달에 가장 큰 영향을 미치는 놀이에 부모의 인정과 관심이 큰 역할을 한다는 것을 기억하시기 바란다. 아이들이 놀이 중에 자주 자신을 보아 달라고 요청한다면, 부모가 아이들의 놀이에 애정을 가지고 수용적인 자세로 함께 어울림으로써 아이들의 독립심과 호기심 그리고 사고의 융통성이 향상된다. 이런 부모님의 양육 태도는 유아에게 창조적인 생산성을 가지게 하는 성격적 자질 및 동기적 요소의 촉매제 역할을 한다. 영재의 잠재적 능력 극대화를 위해서는 부모가 교육자로서 역할을 감당해야 하며 부모로서 관심을 가지고 새로운 세계를 체험할 기회를 제공해 줄 뿐 아니라 적극적인 역할 수행해야 한다.

영재교육에서 부모의 역할을 열다섯 가지를 소개한다.

첫째, 평상시 쓰는 자연스러운 말을 사용한다.

둘째, 장난감을 살 때는 사고능력을 키워 줄 수 있는 것을 산다.

셋째, 다양한 책을 쉽게 접할 수 있도록 분위기를 조성해 준다.

넷째, 지역사회에서의 전시회, 박물관, 영화관, 축제 등과 같은 각종 문화시설과 행사를 최대한 활용한다.

다섯째, 어린이의 취미나 능력에 따라서 스포츠나 특별한 재능을 발달시킬 기회를 제공함으로써 그들의 생활을 풍부하게 해준다.

여섯째, 어린이가 학교에 입학하기 전이든, 후든 간에 부모는 자녀의 교육에 적극적인 역할을 해야 한다.

일곱째, 어린이들에게 제공해 주는 책은 사는 것이든, 도서관에서 빌리는 것이든 간에 다양성 있고 난이도 있는 것이어야 한다.

여덟째, 잡지를 제공해 주되 잡지 내용이 어린이에게 직접적인 관련이 있느냐 없느냐보다는 그들의 관심을 불러일으킬 수 있느냐, 없느냐가 되어야 한다.

아홉째, 어린이에게 읽기를 배우는 것을 도와주되 강요해서는 안 된다.

열 번째, 부모의 생활에 어린이를 참여시켜야 한다.

열한 번째, 돈을 거스르거나 작은 액수의 돈을 가지고 놀게 함으로써 숫자 개념을 발달시키도록 도와준다.

열두 번째, 장난감이나 게임은 교육적인 것이어야 한다.

열세 번째, 어린이들이 혼자 책을 읽을 수 있는 능력이 있든 없든 간에 매일 책을 읽어 주는 것이 좋다.

열네 번째, 어린이의 흥미와 취미를 장려해 주어야 한다.

열다섯 번째, 일반적으로 어린이의 하루, 가능한 한 충분한 활동으로 채워주는 것이 좋다. 또한, 가능하다면 지능이 비슷한 어린이를 친구로 짝지어 주는 것이 좋다.

인간의 성장 및 발달에 영향을 미치는 요인은 부모의 애정과 양육 태도, 가정의 분위기, 친구 관계 및 사회, 문화적 요인이

또래들과 민속놀이인 줄다리기에 신나게 한다.
영차영차~~

다. 특히 유아기 때의 교육 여부에 따라서 성장과 발달이 크게
좌우될 수 있다는 것이다. 그러기에 어릴 때의 교육 환경이 개인
의 잠재능력 발견과 계발에 커다란 역할을 한다.

아이를 보면 **부모가 보인다**

내 아이가 영재가 아닐까? 라는 생각을 하신다면 영유아들의 발달 중 중요한 점은 지적 자극과 사회적 자극이 결핍된 환경에서 성장한 영아들의 뇌의 구조와 무게는 그렇지 않은 아이들과 비교할 때 성장에 있어 크게 차이가 있으며 뇌 성장에 영향을 받는다는 것이다. 그러기에 열다섯 가지 부모의 역할을 잘 숙지하시고 노력을 해 보시기 바란다.

6.
고집이
장난이 아니야?

성수는 한 번 고집을 피우면 제가 어떻게 해야 할지 모르겠어요.

성수 어머니와 아버지는 자기가 원하는 것이 해결되지 않으면 무조건 고래고래 소리를 지르고, 자신의 머리카락을 뜯고, 바닥에 드러누워 떼를 쓰는 성수를 감당 못 하신다. 어떻게 하면 성수를 이해할 수 있을까? 걱정이 태산이다.

유아가 출생하여 성격을 형성하는데 프로이트 학자는 다섯 단계에 따라 성격이 발달한다고 보았다. 그런데 성장을 하면서 지나친 좌절감이나 불만족인 상황을 경험하면서 심리성적 발달 단계를 넘지 못하고 어떤 단계에 머물러 있는 경우 다음 단계로 넘어가지 못하고 제대로 성장을 하지 못하는 고착이 되어 성격에 문제가 발생할 수 있다.

　출생하여 1세까지의 시기를 구강기라고 하여 이 시기에는 유아들은 모든 성적 욕구가 입에 집중되어 있어 입을 통해 빨고, 먹고, 깨무는 행위에서 긴장감을 해소하고 쾌락을 경험한다. 그래서 어머니의 젖을 빨면서 어머니에게 전적으로 의존한 상태에서 이 세상에 대한 지각을 배우게 된다. 이 시기에 두 가지 행동 방식은 수용적인 행동과 공격적인 행동 방식을 습득하게 된다. 구강 욕구가 지나치게 만족 되면 성인이 되어 세상에 대하여 지나치게 낙관론을 갖거나 반대로 의존적인 성격을 갖는 경향이 있다. 반면에 공격적 행동에 고착이 되면, 지나치게 비관론적이거나, 공격성을 보이는 경향으로 성장을 하게 된다. 그래서 이 시기에는 어머니의 젖이나 인공 분유로 수유를 할 때에도 충분히 욕구가 충족될 때까지 먹을 수 있도록 해 주어야 한다. 그런데 어린이집에서 보면 간혹 돌이 되기도 전이나 돌 무렵에 우유병을 빨리 떼려고 하는 부모님이 계셔 안타까울 때가 있다. 이 구강기 시기를 충분히 경험하지 않고 성장한 어른 중에는 껌을

씹는 것을 즐기거나 담배를 많이 태우거나 먹는 것을 탐내는 경향이 있다.

두 번째로 보통 1~3세까지 진행되는 시기인 항문기인데 이때 성적 욕구인 리비도는 항문에 집중되어 있어 항문기라고 표현한다. 이 시기의 성격 형성은 본능적 충동인 배설과 외부적 현실인 배변훈련과 관련되어 결정된다. 배설물을 자기 몸에서 내보내는 행동은 아이에게 쾌락이지만, 배변 훈련의 시작과 함께 아이는 이 쾌락을 지연시키는 방법을 배우기도 한다. 만약에 이 시기에 배변 훈련이 순조롭게 진행되지 않을 때, 아이는 두 가지 방식으로 반응을 한다. 이럴 때 부모는 참 난감한 상황이 되는데, 첫 번째로 아이는 부모가 하지 말라고 한 시간과 장소에 배변하면서 부모의 요구를 거절하는 행동을 한다. 아이들이 이러한 행동을 좌절을 감소하기 위한 만족스러운 행동으로 여기고 자주 하면, 공격적인 성격을 발달시킬 수 있다. 두 번째는 배설해야 할 변을 보유하는 것이다. 변을 보유하면서 만족을 느끼고 부모를 조작하는 아이는 고집이 세고 구두쇠로 특징되는 항문 보유 성격으로 발달한다. 이 시기에 배변 훈련 시 지나친 칭찬을 해도 안 된다. 잘못하면 인정받고 싶어 하는 욕구가 강해질 수 있기 때문이다. 반대로 지나치게 화를 낸다면 성격적으로 잔인하거나 분노가 발생하여 반동 현상으로 극단적으로 깔끔함이 생긴다.

성격 형성에 가장 중요한 시기인 4~5세 때 성기기로, 아이들의 리비도(성적 욕구)는 쾌락의 초점이 항문에서 성기로 옮겨가는 시기다. 이 단계에서 아이들은 성기를 만지거나 환상을 통해서 쾌락을 느낀다. 성기기의 갈등은 아이의 반대 성인 부모와 관련한 근친상간 욕망에 대한 환상과 관련되어 있다고 보면 된다. 예를 들어 남자아이가 반대 성인 어머니에 대한 무의식적 욕망에서 비롯된 갈등이 오이디푸스 콤플렉스라고 한다. 이 용어는 아들과 어머니와 성관계의 결과를 비극적으로 묘사한 그리스 신화로부터 따와서 이름을 붙였다. 이 단계에서 어머니는 남자아이의 사랑의 대상이 되고, 남자아이는 환상과 행동을 통해 어머니에 대한 성적 소망을 나타낸다. 그러나 남자아이는 아버지를, 어머니에 대한 경쟁자이며 위협적 존재로 여긴다. 또한, 그는 아버지와 어머니가 특별한 관계에 있음을 지각하고 아버지에 대해 질투심과 적대심을 가지게 된다. 남자아이는 자신을 아버지와 동일시 함으로써 이러한 오이디푸스 콤플렉스를 극복한다. 더불어 사회적 규범, 도덕적 실체라고 할 수 있는 아버지에 대한 동일시를 통해 초자아를 형성하게 되는 것이다.

여자아이가 성기기에 대해 겪는 갈등을 프로이트는 엘렉트라 콤플렉스라고 하였다. 그리스 신화에서 엘렉트라는 동생을 설득해서 아버지를 살해했던 어머니와 어머니의 정부를 살해케 한다. 성기기 중에 아버지는 여자아이의 애정의 대상이 된다. 프로이트는 남자아이의 거세 불안과 상반되게 여자아이는 남근 선망을 갖는다고 보았다. 즉 여자아이는 자신의 성기를 잃었다고 믿고 남자아이는 자신의 성기를 잃을까 두려워한다는 것이다. 여자아이는 어머니와 동일시를 통해 엘렉트라 콤플렉스를 해결하고 초자아를 형성하게 된다.

다음으로 잠복기라고 명명한 시기는 6세에서 사춘기 시기까지로 실제로는 심리성적 단계라기보다 이 시기는 성적 본능은 휴면을 취하게 되는 시기이다. 이 기간에는 학교생활, 취미, 스포츠, 우정 관계 등을 통해 성적 충동을 승화시키는 시기이다. 그래서 이 시기에는 부모와의 관계와 형제와의 관계 등 의미 있는 다른 사람과의 관계로 인생이 달라지는 시기다.

마지막 단계인 생식기는 사춘기에 시작이 된다. 이 단계에 청소년의 발달 특징은 급격한 신체적 성장과 더불어 호르몬의 변화다. 이러한 신체적 변화에 따라 오랫동안 휴면에 있었던 리비

아이를 보면 **부모가 보인다**

도가 성기에 집중되면서 청소년은 이성에 관심을 두며 함께 성행위를 추구하기 시작한다. 소년과 소녀는 서로 다른 성적 정체감을 인식하면서 성 및 대인관계 욕구를 충족할 방법을 찾는 시기이다. 이러한 과정을 통해서 인간들의 성격이 형성된다. 하지만 성격의 정의를 내리는 것은 불가능하다. 왜냐하면, 성격심리학자들만의 견해는 그들이 보는 인간의 입장을 바탕으로 정의를 내리기 때문이다.

이러한 성격 발달을 근거로 보았을 때, 성수는 자신이 처한 상황에서 생존하기 위해 자신의 성격을 발달시키고 형성한다. 이런 상황들은 모두 학습된 행동 패턴으로 고집이 센 아이의 성격 형성이 되었을 것이다.

7.
너는 누굴 닮아서
그러니?

"엄마" 딸아이가 나를 부르면서 "나는 누구 닮았어?", "엄마랑 아빠는 쌍꺼풀이 있는데, 왜? 나는 없어?"라고 한다.

    딸을 낳았던 1993년 3월 나는 제왕절개를 해서 분만하였다. 전신마취를 하여 출산하고 2시간이 지나 열 달을 품고 있던 나의 분신을 만날 수 있었다. 갓 태어난 아기는 정말 못 생기고 누굴 닮았는지 잘 모르겠는데, 남편은 첫 대면부터 딸아이가 자기와 닮았다고 좋아한다. 지금은 스물아홉이 된 딸아이는 남편이 가지고 있는 특징 중 내가 싫어하는 것을 고스란히 닮았다.

아이들은 출생 직후부터 각기 다른 기질적 특성을 보인다. 어떤 아이는 쾌활하고, 명랑하다. 어떤 아이는 잘 울고 자주 보챈다. 또 어떤 아이는 조용하고 행동이 느리다. 또 다른 아이는 행동이 민첩하고 활기차다. 이처럼 아이들은 각자의 개인차를 보이는데 이를 기질이라고 한다.

기질이란 한 개인이 행동 양식과 정서적 반응유형을 의미하는 것으로 활동 수준, 사회성, 과민성과 같은 특성을 포함하여 이야기한다. 그래서 연구가들은 아이들이 보이는 기질의 차이에 관심을 기울여 연구하였다. 기질을 형성하는 심리적 특성이 성인기 성격의 토대라고 믿기 때문이다. 다시 말하면 기질은 성장하면서 아동기와 성인기의 성격을 형성하는 모체가 되기 때문이라고 믿는다. 학자들은 영아기의 경우, 성격이라는 용어 대신에 기질이라는 용어를 사용하여 표현한다. 기질과 성격의 구분은 인자형과 표현형의 구분과 유사하다고 보시면 된다. 인자형은 기본 패턴인 잠재력을 결정하지만 궁극적으로 나타나는 표현형은 인자형의 잠재력이 환경에 의해 영향을 받은 결과라고 보면 된다. 이와 마찬가지로 기질이 기본 패턴을 나타내는 것이라 가정을 하면 아동기나 성인기에 성격으로 나타나는 것은 기본 패턴이 수없이 많은 생활 경험의 영향을 받은 결과를 반영하는 것이다.

　많은 기질 연구가들은 기질은 타고난 것으로 유전의 영향을 많이 받는다고 한다. 낯가림이 심한 영아는 유아기에도 여전히 낯선 사람을 두려워하고, 아동기에도 여전히 까다로운 성향을 보인다. 특히 낯선 사람이나 상황에 대해 움츠러드는 경향을 보이는 행동 억제는 상당히 지속성이 있는 것으로 나타났다. 우리나라에서 2003년 정옥분의 2~4세 아동의 행동 억제에 관한 단기 종단 연구에서 2세~4세라는 2년의 기간 동안 극단적인 행동 억제를 보이는 영유아들의 시기만 지속성이 있다는 연구 결과다. 이러한 결과는 유전적으로 많은 영향을 받는 것으로 보이는 기질 특성도 환경의 영향에 의해 변할 수 있다는 것이다.

　기질 연구가들은 141명을 대상으로 아동기까지 이들을 관찰한 관찰법을 부모와 교사를 통한 면접법, 여러 종류의 심리검사를 통한 검사법 등을 사용하여 기질을 구성하는 9가지 요인을 발견하였다. 그래서 이 특성을 기준으로 하여 영아들의 기질을 순한 영아, 까다로운 영아, 느린 영아로 세 가지 유형으로 구분하였다. 전체 연구대상의 40%를 차지하는 순한 영아는 행복하게 잠을 깨고 장난감을 가지고 혼자 잘 놀며, 쉽사리 당황하지도 않는다. 또한, 규칙적인 생물학적 시간표에 따라 수유나 수면이 이루어지고, 낯선 사람에게도 미소를 보이며 이들로부터 음식도 잘 받아먹는다. 그리고 새로운 생활 습관에 쉽게 적응하며 좌절에도 순응한다.

영아기에 까다로운 기질을 보였던 영아는 이후의 학교생활에서도 또래와의 관계나 주의집중에 문제를 보이고, 반응이 느린 아이는 새로운 환경에 빨리 적응하는 데 문제를 보였다. 그러나 모든 영아가 이 세 집단 가운데 하나로 분류될 수 있는 것은 아니었다. 35% 정도의 영아는 어느 집단에도 속하지 않는 것으로 연구 결과 나타났다. 우리나라에서 영아의 기질적 특성과 기질에 따른 놀이 행동 분석연구에서는 순한 기질의 경우는 남아가 영아보다 더 많고, 까다로운 기질이나 반응이 느린 기질의 경우는 여아가 남아보다 더 많은 것으로 나타났다. 한편 까다로운 기질의 영아들이 거친 신체접촉을 더 많이 하는 것으로 나타났다. 기질 연구에서 초기의 기질은 이후 성장을 하면서도 지속하는 것으로 나타났다.

영아들의 기질은 부모, 특히 주 양육자인 어머니와의 관계에서 영향을 많이 받는다. 부모의 양육 태도 또한 영아의 기질을 변화시킨다는 것이다. 수줍고 소심한 기질을 가지고 태어났다 하더라도 외부 세계에 대한 대처 양식을 부드럽게 촉진하는 환경에서 양육되는 영아는 이러한 속성이 점차 사라진다. 반면에 사교적이고 과감한 성격을 가지고 태어났다 하더라도 지나치게 스트레스를 주는 환경은 소심한 영아가 되게 한다. 이처럼 부모의 양육 태도와 영아의 기질 간의 상호작용은 쌍방적 원칙에 근거한다. 즉 영아의 발달은 자신이 타고난 기질과 그를 사회화시키는 사람의 기질 간 상호작용의 산물이다. 부모와 자녀 간의 상호작용을 통해 부모는 자녀가 타고난 유전적 요인에 영향을 미친다. 느린 기질을 가진 영아는, 활발한 기질을 가진 영아만큼 부모가 요구하는 진도에 맞춰 나가지 못한다. 이에 부모가 실망하여 관심을 주지 않으면 영아는 더욱 위축되고 발달과업을 제대로 이루지 못하게 될 것이다. 그러나 부모가 이러한 성향을 무시하고 적극적으로 개입한다면 영아는 자신의 행동을 바꾸게 될 것이다. 그러기에 부모가 영아의 기질에 따라 양육 행동을 조절한다면 조화로운 관계가 된다. 반면에 영아의 기질과 부모의 양육 행동이 조화를 이루지 못하면, 부모나 영아 모두 갈등을 경험하게 된다. 예를 들어 까다로운 영아의 부모가 인내심을 가지고 영아의 요구에 민감하게 반응하며 성장을 한다면, 아동기나 청년기에 까다로운 기질을 보이지 않게 된다. 반면에 까다로운 영아를 대상으로 인내심과 민감성을 보이는 것이 누구

아이를 보면 **부모가 보인다**

에게나 쉬운 일은 아니다. 그러다 보면 까다로운 영아에게 쉽게 화를 내고 처벌적 훈육을 하신다. 이런 관계는 조화롭지 못한 관계로, 영아는 까다로운 기질을 계속 유지하고 사춘기에는 문제행동을 보이게 된다. 부모의 역할은 아동의 타고난 잠재력을 최대한 발휘할 수 있도록 풍부한 환경을 제공해 주는 것이다. 아이들을 다양한 많은 환경에 노출하여 아이들이 무엇을 좋아하는지 어떤 것에 능숙한지를 판단하고, 이 점을 최대한 지원해 줄 수 있어야 한다. 같은 기질을 가진 아이들이라도 사회적으로 성공한 사람으로 성장할 수 있고, 범죄자로 성장할 수 있다. 공격적이고, 겁이 없고, 충동적인 남아는 일반적으로 다루기가 어렵다. 이들의 양육을 포기하여 내버려 두거나 벌로 다스리기는 쉽지만, 그 결과 이들을 통제할 수 없게 된다. 그러나 적절하게 통제하고, 이들의 행동에 대해 민감하게 반응하는 부모는 아이들의 성장에 좋은 결과를 유도해 낼 수 있다.

내 보물단지는 1993년 3월 16일 나에게 찾아온 첫 번째 딸이다. 그 딸이 "나는 누구 닮았어?"라는 말에 '콩 심은 데 콩 나고 팥 심은 데 팥 난다.'라는 속담이 떠오른다. 남편을 닮아서 미운 구석이 있다. 심한 입덧과 유산의 증상이 보여 유산을 방지하려고 한약, 다양한 약물과 산부인과 입원을 반복하여 열 달

놀이에 즐거워 활짝 웃는 모습이 소중한 보물

을 품고 있다가 세상의 빛을 보게 된 내 보물단지 내 딸이 태어
났다. 친정어머니는 제일 먼저 아이의 손가락, 발가락 개수를 세
어 보고 정상이라는 걸 먼저 확인을 하셨다. 건강하게 태어난

아이를 보면 **부모가 보인다**

준 것에 감사하고, 29년을 자기가 선택한 길을 개발하고 지금은 공무원의 직업을 갖고, 열심히 생활하는 내 딸이 누굴 닮으면 어때, 나 아니면 아빠, 아니면 더 나아가 조부모, 외 조부모 닮았겠지!

절제를 모르는
아이

부모는 아이의 삶 속에 뛰어들어야 한다.

　아이들이 성장하는 데 적절한 행동을 가르치기 위해 훈육을 한다. 아이들의 나이에 따라 훈육을 언제 어떻게 해야 하는지 차이를 두고 훈육해야 한다. 훈육법이라고 정의하기는 그렇지만 아이에게 규칙과 한계를 알려주고 지키도록 하는 외적 훈련법과 자기 절제력을 길러주는 내적 훈련법을 사용하여 아이들의 절제를 훈육해야 한다. 부모가 아이들을 양육하면서 훈육하는 궁극적인 목적은 내가 사랑하는 아이들의 자제력을 키워주기 위해서

이다. 그런데 요즘 일명 MZ 세대 아이들은 절제력이 많이 떨어지는 것을 볼 수 있다.

1960년대 후반 월터 미셀(Walter Micheal) 심리학자는 심리학 역사상 가장 유명하고 중요한 실험을 했다. 그 실험은 바로 '마시멜로우 실험'으로 세계적으로 널리 알려져 있다. 이 실험은 스탠퍼드대학교 부설 유아원의 미취학 아동인 만 네 살 유아를 대상으로 시작한 그의 실험은 영유아기에 나타나는 만족 지연 능력과 자제력을 가능케 하는 인지 메커니즘에 대한 현대적이고 과학적인 분석의 길을 제시하게 되었다. 실험은 아이들 앞에 마시멜로우를 하나씩 놓고 실험자가 다시 방에 들어올 때까지 마시멜로우를 먹지 않으면 두 개를 주겠다고 말하고 방을 나선 후 아이들의 모습을 관찰한 것이다. 아이들의 반응은 모두 달랐다. 어떤 아이는 1분도 기다리지 못하고 마시멜로우를 먹었지만 15분이나 기다린 아이도 있었다. 이 실험은 사람들에게 큰 관심을 받았는데, 참을성이 부족했던 아이들은 초등학교에 올라간 후 아이들을 괴롭히는 경우가 많았으며, 10년 후에는 교사들과 학부모 사이에서 평가가 낮은 학생이 되었다. 또한, 그 아이들은 32세쯤 되어서 다시 조사한 결과, 약물이나 알코올 문제를 겪고 있는 비율이 높았다. 반면에 15분 기다렸던 아이들은 대입 자격

시험에서 더 좋은 점수를 받았다. 중요한 것은 아이가 마시멜로우를 먹지 않고 참을 수 있는 시간을 결정하는 것은 부모의 양육법에 달라질 수 있다는 것이다.

이 실험의 결과는 아이들이 '자기 통제력'이 있는지, 자신이 원하는 것이라도 참고 기다릴 수 있는 '만족 지연 능력'이 있는지를 보았다. 마시멜로우 실험에서 참을성이 있어 자신이 원하는 것을 참고 기다릴 수 있는 아이들이 청소년기의 지능과 학업 성취, 사회적 기술이 뛰어날 가능성이 크다. 왜냐하면, 자기 절제가 뇌의 학습 및 정보 처리 과정을 활성화하기 때문이다. 그래서 절제력이 강한 아이들이 좌절과 스트레스를 잘 견디며 책임감이 강한 것도 이 때문이라고 볼 수 있다.

자기 절제는 단순히 뛰어난 학업 성취나 예의 바른 식사 태도에만 필요한 능력이 아니라는 것이다. 자제력이 있는 사람들은 더 행복을 느끼고 대인관계에서도 친구들과 좋은 관계를 유지하며, 다양한 사람들과 잘 융화한다. 하지만 참을성이 없는 아이들 같은 경우, 공격성, 폭력성과 약물중독에 관련된 문제들을 안고 있는 경우가 많았으며, 문란한 성관계에 빠지는 확률도 높았다는 연구 결과가 있다.

원하는 걸 요구하였을 때 제재를 하자 울음을 터트린다.

　요즘 아이들은 자기 절제 능력이 크게 떨어진다. 원인은 현대사회는 급속하게 발전하고 일상생활을 하면서 빠르고 즉각적인 만족을 얻을 수 있게 되었다. 그 결과 감정과 지능이 충돌을 일으키게 되는 것이다. 현재 스마트 시대에 사는 우리는 언제라도 원하는 때에 원하는 음식을 바로 쉽게 먹을 수 있다. 또한, 지식을 얻는 것도 손쉽게 얻으려고 하며, 즉각적인 소통을 추구하기도 한다. 자기통제를 방해하는 또 다른 요인으로 앞서도 말씀드렸던 스트레스를 들 수 있다. 특히 스마트 시대에 사는 아이들은 많은 스트레스에 노출되어 있다. 스트레스를 받고 불안감을 느끼며 추가적인 스트레스에 대처하는 능력이 약화되어 있다. 그렇다면 이런 사회 환경 속에서 어떻게 해야 아이들을 보호하고 절제를 할 수 있는 능력을 키워줄 수 있을까? 생각해 봐야 할 것이다. 앞서 말씀드렸던 마시멜로우 실험에서 아이들이 스스로 다스릴 수 있도록 하려면, 부모가 어떻게 해야 하는지를 잘 보여주는 실험이다. 우선 부모는 아이에게 적절한 '외부 자극'을 줌으로써 자기 절제력과 의지력을 키울 수 있는 기술과 방법을 익힐 수 있도록 도와줄 수 있어야 한다.

M 세대 부모님들은 옛날 우리가 커 왔던 시절의 부모님에 비해 '안 돼'라는 부정적인 말은 덜 하는 편이라고 한 연구 결과에서 밝혔다. 그러나 여기서 무조건 부정적인 말을 하지 않는 것이 좋은 것인지? 한번 생각해 봐야 할 것이다. 아동 전문가들의 의견은 성장하는 아이들에게 부모는 '한계'를 설정해 주어야 한다

고 조언을 한다. 부모는 확고하면서도 상냥하게, 아이의 생활에 관여하되 강압적이지 않은 부모가 되어 '권위 있는 양육'을 하라고 권한다. 권위 있는 부모가 되기 위해서는 부모는 아이들의 삶 속에 뛰어들어야 한다. 아이에게 우습게 보이면 안 된다는 것이다. 힘들더라도 안 되는 건 안 된다고 말할 수 있어야 한다. 그렇게 함으로써 아이들에게 한계를 설정하게 되면서, 부모들은 하나밖에 없는 금쪽이의 행복을 기원한다면 부모가 되고, 안 되는 것을 정확하게 구분해주지 않으면서 아이가 절제력을 기르길 바라는 것은 잘못된 생각이다.

　부모는 아이를 감독하고 지도하며 곁에 있어 주어야 한다. 또한, 규칙을 만들었으면 지키도록 옆에서 아이들과 함께 지킬 수 있도록 해야 한다. 어린이집, 유치원이 끝난 후 어디에 있는지? 누구와 무엇을 하는지? 부모가 모두 파악하고 있다는 것을 아이도 알고 있어야 한다. 모든 규칙도 일관성 있게 지키도록 해야 한다. 쉽지 않은 일이지만 아이들은 부모를 시험하려 들기 때문에 부모가 세운 계획에 양육 태도가 일관성을 잃게 되면 치명적이다. 어제는 게임을 해도 되고, 오늘은 게임을 하면 안 되고, 이런 규칙은 아무런 의미도 갖지 못하게 된다. 그렇다고 잘못 해석하여 아이들을 통제하려고 한다면 잘못된 생각이다.

여섯 살 아이들을 대상으로 했던 또 다른 만족 지연 능력의 연구에서는 감정을 적극적으로 표현하는 어머니와 그렇지 않은 어머니의 아이들을 비교해 보니 감정을 잘 표현하는 어머니 밑에서 자란 아이들의 만족 지연 능력이 더 높게 나왔다. 그래서 부모님들께서는 아이에 대한 사랑을 적극적으로 표현해 주시라고 말씀드린다. 그렇게 되면 부모와의 사랑과 따스함 속에서 자란 아이일수록 절제력과 자기 통제력이 더 강한 아이들로 성장을 할 수 있다.

아이들의 바람직하지 않은 행동을 방지하기 위해서는 자기 절제가 필요하다. 그러기 위해서는 부모는 아이의 삶 속에 뛰어들어 권위 있는 부모가 되어 아이를 감독하고 지도하며 늘 사랑으로 함께 하는 부모가 곁에 있어 주어야 한다.

"부모가 아이에게 해줄 수 있는 최고의 선물"

　사람이 세상을 살아가는 기간을 인생 여정이라 한다. 결혼하고 엄마가 된 내 인생의 여정에서 아이를 양육하는 여정은 길고 험한 여정이었다. 그런데 나는 험한 인생의 여정을 선택했다. 그 이유는, 유산을 반복하면서 부모가 된다는 것이 쉽지 않아 포기하였었다. 그런데 우연히 나에게 찾아온 작은 씨앗 하나. 내 뱃속에서 열 달을 품어 어렵게 얻은 내 보물단지인 딸, 내 사랑 아들, 부모인 우리에게는 큰 축복이었다. 축복을 받은 아이들 인생의 여정에 부모로서 해줄 수 있는 최고의 선물을 주고 싶었다. 나는 아이들에게 부모로서 줄 수 있는 최고의 선물이 사랑을 듬뿍 주면 되지 뭐? 라고 생각을 했다. 하지만 아이들은 사랑만으로 성장할 수 없다는 걸 시간이 지나면서 절실히 느끼게

되었다. 또한, 좋은 부모가 되기 위해 사랑만 듬뿍 주어 양육한
다고 좋은 엄마, 좋은 아빠가 될 수는 없었다. 늦은 나이에 육
아는 더 힘이 들었다. 내가 할 수 있는 것은 이론서인 육아 책을
뒤지거나, 친정엄마께 전화하면서 배우고 양육하였다. 이런 나
의 모습에 유아교육을 공부하여 소중한 내 아이를 더 잘 키워
야겠다는 마음에 공부를 시작했다.

부모는 아이에게 좋은 것을 해주고 싶은 것이 부모 마음이
다. 부모의 유전적 환경의 요인으로 아이들의 지능, 성격, 정신
건강과 같은 행동에 부모의 역할이 매우 중요하다. 그리고 아이
들이 영. 유아 시기에 적기 학습을 통해 바르게 성장할 수 있도
록 가르쳐 주어야 한다. 속담에 '세 살 버릇 여든까지 간다'라는
말처럼 어려서 가르치지 않다가 다 성장하고 바로 가르치려 한

다면 매우 어려움을 겪게 된다. 그래서 내가 선택한 것은 유아교육이다. 나는 교육은 빠르면 빠를수록 좋다고 주장한다. 그러면 아이들은 부모님들이 생각하고 바라는, 건강하고 자존감이 높은 아이로 성장하여 성공한 사람이 될 수 있다고 생각한다. 공부하는 부모와 함께 성장한 아이는 행복한 삶을 살 것이며, 더불어 타인의 삶도 행복하게 해줄 것이다. 그래서 이 책을 통해 부모님들이 말하는 '육아 전쟁'에서 승리하실 수 있는 메시지를 전해드린다.

첫째, 부모님이 배우고 노력해야 한다.

내가 교육 현장에서 다양한 아이들의 성장 모습을 수년간 관찰을 했다. 또한, 나도 아이를 낳고 길러 부모가 아이에게 어떠한 영향을 미치는지 경험했다. 이런 경험을 이 책을 통하여 부모님들과 나누어 젊은 세대 부모님들이 미처 생각하지 못한 양육의 중요한 부분들에 도움이 되고 양육에 대한 걱정에서 벗어날 수 있기를 바란다. 그러기 위해서는 내 아이의 감정을 이해하고 공감할 수 있는 부모가 되도록 부모님도 배우고 노력해야 한다. 그래서 전쟁 같은 육아를 행복한 육아로 만들 수 있다.

둘째, 당신은 좋은 부모라는 확신을 한다.
아이들이 가장 안전하게 느끼는 곳 가정이다. 그런데 엄마, 아빠 사이가 좋지 않아 사사건건 싸움을 하는 경우가 있다. 특히 육아로 인하여 의견이 맞지 않을 때 아이 앞에서 싸움한다면, 이럴 때 사랑하는 내 아이들은 불안한 정서를 형성한다. 부모의 사이가 행복해 보이지 않는다면, 아이가 꿈꾸는 세상은 부모가 바라는 것처럼 훌륭하게 건강하게 성장하지 못할 것이다.

부모는 아이의 거울이라고 한다. 그런데 화목하지 못한 가정에서 아이가 성장한다면 아이는 성인이 되어서 대인관계에 문제를 보일 수 있다. 그렇다고 부부싸움을 안 하는 부모가 이상적인 부모라고는 할 수 없다. 왜냐하면, 아이들이 성장하는 가운데 의견 충돌이 났을 때 어떻게 해결해야 하는지를 배울 수 없기 때문이다. 부모가 싸우더라도 여전히 서로 사랑하고, 오래도록 가족이 함께할 것이라는 알려준다. 부부의 대화가 아이의 정서 지능에 영향을 미치기 때문이다. 부부싸움을 하더라도 이건 명심을 하길 바란다. 서로에게 아무리 화가 나도 폭력을 사용하거나 나중에 후회할 만한 끔찍한 언행을 하지 않는다. 부부 사이의 대화가 성장하는 아이들에게 영향을 준다는 것을 명심해야 한다. 좋은 부모가 되기 위해서는 아이에게 충분한 신뢰감을 심어 주어야 한다. 그러기 위해서는 부모의 양육방식에 일관성이 있어야 한다. 특히 아이 앞에서는 상대방의 육아 방식이 맘에 들지 않는다고 흉을 보는 행동은 하지 않는다. 그리고 나는 좋은 부모라고 확신하고, 아이에게 가장 큰 영향을 미치는 기본 토대가 부모와의 관계라는 것을 잊지 말아야 한다. 당신은 좋은 부모라고 확신한다.

부모로서 아이를 향한 무조건 사랑으로 헌신만 한다고 좋은 부모 역할을 한 것은 아니다. 이 책을 통하여 부모 역할을 배우고, 아이를 이해한다면 행복한 부모로 육아를 할 수 있을 것이다. 그러다 보면 아이들이 행복하여 건강하게 성장할 것이다. 내 아이를 풍요롭게 건강하게 키우기 위한 이해를 돕기 위해 이 책에는 주로 영아들의 일상이 담겨 있다. 이 책이 초보 부모님이나 초보 교사에게 도움이 되는 길잡이가 되길 바란다.

이 책을 끝까지 쓸 수 있게 믿고 응원을 아끼지 않고 동참해 주신 분들이 많다. 내가 글을 쓸 수 있도록 이은대 작가님의 끝없는 지도에 이 책이 완성되었다. 스승 이은대 작가님께 깊은 감사 드린다. 그리고 교육자에서 상담사로 역량을 발휘할 수 있도록 상담을 지도해 주신 한국복지대학교 양종국 교수님께 깊은 감사드린다. 특히 이 책을 쓰기 위해 자이키즈 어린이집 학부모님과 교직원께 감사드린다. 아이들 이름을 예명으로 적었지만, 아이들과의 일상에서의 에피소드를 함께 나누어 주셨기에 이 책이 완성되었다.

아이를 보면 부모가 보인다

초판인쇄	2022년 4월 12일
초판발행	2022년 4월 15일

지은이	박경숙
발행인	조현수
펴낸곳	도서출판 프로방스
기획	조용재
마케팅	최관호
교열·교정	권수현
디자인	문화미중

주소	경기도 고양시 일산동구 백석2동 1301-2
	넥스빌오피스텔 704호
전화	031-925-5366~7
팩스	031-925-5368
이메일	provence70@naver.com
등록번호	제2015-000135호
등록	2015년 6월 18일

정가 16,000원

ISBN 979-11-6480-198-5 (03810)